倡导诗意健康人生　为诗的纯粹而努力

中国诗歌
CHINESE POETRY

2021年度散文诗选

主 编◎阎 志

長江出版傳媒
长江文艺出版社

图书在版编目（CIP）数据

中国诗歌. 2021年度散文诗选 / 阎志主编. --武汉 : 长江文艺出版社，2022. 9
ISBN 978-7-5702-2634-4

Ⅰ. ①中… Ⅱ. ①阎… Ⅲ. ①散文诗－诗集－中国－当代 Ⅳ. ①I227

中国版本图书馆CIP数据核字(2022)第049096号

责任编辑：王成晨　石忆　　　责任校对：毛季慧
装帧设计：叶芹云　　　责任印制：邱　莉　王光兴

出版：长江出版传媒 | 长江文艺出版社
地址：武汉市雄楚大街268号　　邮编：430070
发行：长江文艺出版社
http://www.cjlap.com
印刷：湖北新华印务有限公司

开本：880毫米×1230毫米　1/32　印张：10　插页：4页
版次：2022年9月第1版　　2022年9第1次印刷
行数：6739行

定价：39.00元

《中国诗歌》编辑部
武汉市江岸区惠济路3号卓尔书店　　邮编：430000
发稿编辑：刘　蔚　熊　曼　李亚飞　庄　凌
投稿信箱：zallsg@163.com
电　　话：027—61882316

目 录

灵焚散文诗选

灵焚，本名林美茂，“60后”，福建福清人，现居北京。出版散文诗集《情人》《女神》《剧场》等，主编《我们·散文诗丛》（第1辑～第5辑）《闽派诗歌·散文诗卷》《诗歌中国——百年新诗300首》等，学术论文、诗歌作品散见于国内外期刊，获得各种文学奖多次。

白色鸟（5 章）

无　题

在你的大地上，风颤抖着捧住你的声音。

是什么？动了一下……

继续动了一下，再动一下，动一下……

断断续续动着，隐隐约约动着。

动是大地的生命，声音的颤抖，你的颤抖，动着。

我感受着你的动，你的颤抖，在你的大地上……

动着，被动抓紧，被声音的波纹打开夜色，夜色也在颤抖。

然后是潮水，是大地的奔跑，是呼救的千万只手……

突然，动在浪头戛然而止，把夜色拖曳向深处……

远了，远了，世界不再颤动，时间松懈如慵懒的星辰，随手撒向天际。

应该是动与声音溶解了，融合了。

只剩下大地，如疲倦时的婴儿般温顺，正在睡去，河水从鼾声中流出。

而我，还在寻找动，寻找那最初的颤抖，声音的颤抖，在风的手上……

冬日午后

此时，在南方，一滴水落下，我听到阳光碎裂的声响。

故乡，那是我曾经把贫穷习惯过的地方。

窗台西向，风在墙角拐弯，树叶使午后动了一下，再动了一下，摇晃着窗台上一小角冬天。

这是被寂静封锁的时辰，电话的另一端，邀约的铃声在时间不远处。

真希望黄昏永远不要走近，就把我封存在这个时辰里。

从墙角折回的风，也不要把黄昏的记忆掀开。

此时，北方，这是我需要把孤独过成一种习惯的地方。

在冬日，一个人枯黄的午后。

不对等的交易

把爱给你
为了让你去爱更多的人
你却把爱占为己有
这是不对等的交易

把心给你
为了让你用心去接纳更多的人
你却把心藏在揣摩里
这是不对等的交易

把世界给你
为了让你去开拓更大的世界
你却把世界关在自己的世界里
这是不对等的交易

其实，我们之间不存在交易
只是一粒星火，企图成为一团火焰
照亮这世界必将经过的一个又一个夜晚
你却把火光仅用来照亮自己

我们的一切就这样成了交易
成了不对等的交易
成了夜晚的秘处，你用来揣摩的
荒诞关系

在高速公路上

一条直线，我与车被装进暮色，是谁在撕裂车窗外的风？

远方，没有终点的远方……我的时间停止在省略号上，停止在最初的那一刻。

时间不存在了，世界朝着没有终点的暮色驶去。

惬意，一种挣脱尘世的快感，尘世在车窗之外，我把尘世抛在身后、脑后，面前只有远方之远，暮色中隐约闪烁的灯火，花的蓓蕾，在荒茫暮色中含苞待放。

意识在摇晃。风吹动，花摇晃。

一种逃离的快感，窗外的景物只剩下一闪，一闪而过的还有暮色，正在逐渐浓重。

夜幕从四面八方包围而来。夜幕的千万只脚，踮着摇晃的花瓣，一朵一朵现身……

没错，那是灯火。此时！

不，已经没有此时了。那是永恒的时间，停留在省略号的一个点上。

只有意识与夜色擦肩相遇。我正入无人之阵，英雄一般。

如果我就这样，永远奔驰在没有终点的路上，没有出口，只有远方之远，远到我也消失在天地之间，我还有我吗？

此时，除了车，还有什么能够确认我的存在？

高速公路，远方总在前方，当意识跌落，永远持续是什么状态？

她让你惬意，给你足够快感，然后让你不知不觉从尘世脱缰，进入没有参照物的孤独之境。

当意识顿然触及不安的面孔。

此时，路途中任何一个出口，都会带给你获救的欣喜。

在高速公路上，当你从忘我的意识中苏醒，回归尘世的渴望超越任何速度带来的快感。

高速公路，出口总会出现在意识苏醒的某一个时间节点。

而人生呢？一旦忘我，出口究竟何在？

许多心情

有许多心情，我就是不想说。

心情就是心情，何必说出。犹如大地侧着身子，让河流从身边路过。

并非不关心这个世界。这个世界，就连石头也不冷漠。

我的心情有花朵的嘴唇，绿叶的耳朵。

只是我习惯了用沉默睁开眼睛，看风声奔跑，任凭心底水起连天。

许多心情，只能自己对自己说。

周庆荣散文诗选

周庆荣，笔名老风，江苏人，“60后”。作品散见于《诗刊》《星星》《诗潮》等数十家刊物；著有散文诗集《爱是一棵月亮树》《飞不走的蝴蝶》《风景般的岁月》《周庆荣散文诗选》《有理想的人》《有远方的人》《有温度的人》等多部；另有译著《西方当代美术》《帕金森第三定律》《教德萨秘密文件》等。曾获《诗潮》诗歌金奖、《芳草》汉语诗歌双年奖、《星星》散文诗大奖、刘章诗歌奖、冰心散文奖和两岸诗会桂冠诗人奖等奖项。

后麦子时代（7 章）

档案里的铁匠

铁锤和铁砧之间，一块烧红的铁等待着被敲击。

“咚咚咚”，再“咚咚咚”，火星溅到铁匠的帆布护兜上，好像红铁滚烫而多余的语言，每一个铁匠铺的地上，都布满了形状各异的铁屑。

铁锤继续。

红铁终于无话可说。

想知道铁匠的意志？

先看他的手掌，厚茧密布。天啊，他臂膀的肌肉如老树躯干上沧桑的瘤。这魅力四射的强大之美，劳动者将为红铁塑形。

红铁变镰，田野上必有麦子和稻谷，它们从自身的成长中走出，走进粮仓。

红铁成犁，种子将撒在犁沟。土地上的事物一茬又一茬，它们生生不息。

红铁为斧，世间冥顽不化的存在应该被砍伐。

铁匠用锤子敲呀敲呀，红铁变成锤子下面另一把锤子。一些锁链就要被砸碎。

多年以后，铁匠的意义只能在档案中寻找。

多年以后的今夜，我打开尘封的记忆，饮尽一壶烈酒。

双目如火，红铁依然在我的体内？

我是自己的发现者？

当我突然缅怀已经逝去数年的铁匠，每一滴泪水都是一粒火星。

进行曲

这个季节，冷暖气流在北方对峙。

天空布好了周密的雷阵。

群鸟箭一样地射向上方，一声雷炸响。

人间的树叶落了一地，鸟群重新飞回。

它们活跃地站在枝头。

它们是雷阵的目标，还是雷阵的引爆者？

声音从远近高低处传来。

有的低缓沉闷，有的震耳欲聋。闪电以高蹈的姿态在高音区穿插，然后，急雨骤落。

雨水击响地面，任何一种进行曲大概包括前奏、展开和高潮。

我在天空看到彩虹的时候，一切戛然而止，一切重新服从于人间的平静。

深井之水

别再继续做深井之水。

井口的勒痕证明它曾经借助一只木桶，按照一根绳子的要求，走向大米成为米饭，走向庄稼变成第二天新生的叶片，走向被汗水浸透后的衣服，因此抚摸到一个女人的双手。

深井之水，有一千个理由被遗忘；

被遗忘之后，有更多的理由像死亡那样蛰伏在土地的深处。

与井绳相遇，深处的水动身向上。

想象着月色下的一个村庄。

一桶清凉的水，在炎热的夏夜，从乡村少女的秀发开始，流过手臂和羊脂玉般的身体，谁能够准确地形容深井之水的具体形状？

在美好之前，应该有一次深刻，有一次冷寂。

我想做那个抓着井绳，把水提上来的人。

坐等黎明

三两颗星星是黎明派遣过来的前哨？

睡梦中的人间，有利于完整地侦查？

像曾经的那样，我坐等黎明。

我记住了几个优秀的黎明，有的带霜，它让我看到了凌霜傲立的事物；有的与雄鸡为伴，我听到了一种声音为破晓而啼；有的化作钟声而来，自遥远的天际，钟声空灵悠长；有一次，我坐得太久，黎明竟然被省略，太阳径自地照耀大地。

因为我知道黎明是优秀的。

我的每一个漫漫长夜都是我爱读的书本，在字里行间我读出呼吸和呼吸者们永不停顿的努力。偶然望向天空，三两点星光就变成启示的力量。

所以，我是主动的无眠者。

没有失眠的焦虑和不安，只用一坐，就消除了我和黎明之间的距离。

人图腾

先是风起云涌，然后归于一个人的平静。

石头从山顶滚落的时候，有人欢呼，有人惊悚。

关于人的图腾，我希望眼前有人用古铜色的手臂去托起它。

手臂上的肌肉暗示着平民的力量，血管内流动的是真正的奋不顾身。

图腾后的生命就舍生取义了，万物就都在身外。

一个人的平静，在谁也不能忽视的人群中才能验证。万民之生，必有图腾。

玛尼堆是图腾的基础，一个个石块彼此终于遇见，天下苍生互相搀扶，经幡飘扬在玛尼堆上。长风阵起，经幡演绎着风云的形状，更发出时间才能听懂的声音。

苍生图腾，神会自惭形秽。

后麦子时代

阳光参与后，还是大片的麦子更为壮观。

空气在麦芒上喊痛，麻雀在上方欢呼。

麦子熟了，土地可以述职。

毡帽形状的粮仓开始被主人精心维护。

近处和远方的面粉机准备否定每一个麦粒的独立，大家庭似的面粉有着非凡的可塑性。

田野、犁沟、播撒种子的手臂；

冬天唯一能够绿的庄稼，八哥鸟欢叫出人间的收成；

旱烟、农人的脸及皱纹；

当我试图还原这些，我其实已经是面粉机的同盟。

在后麦子时代，生长的过程被忽略。

面粉是一种食粮，从麦穗上走下的麦粒，它们必须磨碎自己，必须重新彼此热爱，然后必须混合。

实 证

云的本质只是雾的浓缩。

长风直入，也正是真理所选择的路径。

为了证明死亡的引力不是万能，我想走进混沌，想发现光明的对策是否在于曲径通幽。

曲径淘汰了许多行人，通幽让黑暗已久的人失去了耐心。

在与真理会师前，死亡的深渊既是必需的经历，也是人们宁死都要完成的跨越？

我是混沌中第多少只蝙蝠？

眼睛不妨是身体的虚词，世界的真相挂在双翅。如果说起我们的人生，不管是一枕黄粱还是春风得意，我们只管Z形地飞。

飞吧，飞过浓缩的雾，飞过死亡的引力，每一种路都是最好的美学。

如果有人早已心知肚明，所有的句号不过是对真理的总结。

卜寸丹散文诗选

卜寸丹，1971 年生于湖南益阳。出版散文诗集《物事》等。职业编辑。

镜像中的我

引子：很多东西都在沉睡，等着你来唤醒。

1

我摸了摸身上的羽毛，它们都还在。

它们一片一片，密密实实的，在夜的灯光下泛着薄薄的光泽。

飓风，急雨，晨光，万物的声音，止息于我的身体，我黑色的眼眸里。

2

那个新鲜的婴孩，那些茂密的光阴！

无数重叠的我。

像一枚指纹。

那是我的密令。不可更改的命。

3

就像街头偶遇的一个女人，一转身，你便失去了她所有的蛛丝马迹。

我们处在彼此瞬时的孤立里。

躯壳。剥落。

新的生长。

4

沉默的铁、黑黝黝的铁在人间。

我们将它打制成模具、兵刃，或维持转动的零部件。时间与火焰都沉寂在它体内。

铁不说话。它只生锈。回归不可言说的开端。

5

我深知羽毛的好处，而迷恋于飞行。

而我的父亲教诲我要脚踏实地。他拿着斧头走向山林，他在洁白的纸上写下诗行，他在实验室里发现事物的秘密。

孤单如他。

富足如他。

6

那些蹚过荆棘的人，不屑于灰尘落在身上。

那些真正活过的人，不屑于哭灵人空洞的悼词。

7

我的爱人，黑夜中回家的人，全身闪着光，正如我看见的晨光中的那匹雄鹿，他头上的角庄严地耸立，他远远地回头，留下一帧不可磨灭的剪影。

8

我包裹在一颗斑斓的灵魂里。

而我常常只是固守在日益陈旧的躯壳里。我无法像一棵树，可以被砍伐，可以不断生长出新枝。

9

我的羽毛最终亦会枯萎，像枯萎的树叶。留有虫子的空洞。留有世间所有的雨露的精魂。留有光。留有风暴。留有愤怒、温柔的情绪。留有羞愧。

10

镜子的意义，就好像虚构一场旅行，虚构无边的葵花地，它们在阳光下，呈现青铜的质地。就像幼小时漂泊不定的生活，就像中年的一个梦境。只有入睡以后，梦才会来。

11

那天，我在阳光下扇动翅膀。多么斑斓而充满力量的羽毛啊。而它们，分明又是如此轻盈。是的，它们密密地包裹我，托举我，闪着梦幻的光泽。所有的句子在内心涌动，我想带着它们飞翔，而我又想把它们安放在此刻我站立的大地上。那孕育我的大地！

12

我在天空飞翔，我会投下阴影吗？

我听到那么多的声音，但没有一个声音是我的，或是可以描述我的。

像灰烬，我舍弃了虚无的明亮，我选择了凉薄的真实。

13

我的父亲，我曾经描述过他。只在黑夜里张开翅膀的父亲，永归黑夜。他仅在城中留下一个小小的房子，留下我们在小小房子里历练、试飞的记忆。

多么令人沉醉的时光啊！

“你会飞起来，孩子，你甚至不需要风！”他说，“张开你的翅膀，孩子，你看，你那么完美，你不需要任何依托。”

14

我小小的母亲，我曾经以一条河流来称颂她的母亲。我事实上与她同体，共生。当我扶着她的灵柩送她回到出生之地，我觉得我就是她在水中的倒影。我是漫长的流逝，是世间万物的缩影。“歌颂它们，孩子，即使是卑微的，即使是那些黯淡无光的事物。”

15

我是一个长着羽毛的孩子。这是我的骄傲，这也使我获得异质而附加的落寞，尽管这种清欢也是让我快乐的。我渴望飞在空中，那是风暴的中心。在那里，那些越位的物件、思绪，越来越远离正统的秩序；那些疗伤的人，那些禁锢在一小块阴影里的执念与爱，父亲交给我的一片钥匙或可借来一用。而来路苍茫，早已看不到我的行迹。如风摘走最后的叶子，倾注着倦怠。我们在空气的镜中看到裸露的自己，我们正在丢弃自己早已破碎的雏形。

16

春天的雨水落在我的心里，生出了根。

旧疾复发，生出隐痛，就像这么多年过去，我仍无法形容的所有的悲伤；就像一片在雨水中长成的叶子，除了枯萎，它再也无法褪尽颜色。

站在春光中，我们是透明的，我们之间，我们与天空之间，仅仅隔着一层——玻璃。

17

那天，在冶力关，马驮着我，走过溪涧、草坡，阳光暖暖地照着，我们都不说话，只是默默地前行。马的皮色、鬃毛与我的羽毛一样，油亮而沉静。此刻，我们都是一匹独一无二的小兽；此刻，我们互通彼此的秉性与温柔。

18

有些人死在书里，有些人从书里活了过来。有些人固执地在纸上画上万物之形，有些人正将一匹马表现成烈焰，将爱表现为水的流逝，将万物变形为情绪与思想。我把饱满的心灵一点点地切割，分享给你，直至将整个的我祭献给命运与生活。这仍将是毫无意义的，如果我不能超越于我。

19

我从一条河流出发，抵达另一条河流。一只迁徙的鸟，怀抱密集的无可分割的水，涌荡大地。河流纵横交错，夜色苍茫。满天星光，在天幕上，也在水上。

20

我是否需要经验？我想，在我的有生之年，我都会远离这个词。我永远记得第一次飞行时的胆怯与笨拙，但那是本能。飞，是我的本能，胆怯与笨拙也是。风，掠过空中之羽，我由此步入自我的流亡与发现之途。而终其一生，我们其实仍是在不断地回到这简单至极的初始之刻，我们所有的寻找仍是原初就已经拥有的这些：珍贵的天真，去掉所有虚饰的天然。

21

我所言说的东西，并非以前的东西，或眼前所看到的某种存在。（脱离存在的实际。）那个具象的事物并没有消失，就在眼前。但是，我们之间却有着无法逾越的距离。时间、经历、不可言说的庞大的精神的图景，将我们分隔。我们通过语言的交流与沟通是无效的。这时候，我舍弃了语言，而选择了诗。

22

每一个位置都是重要的。我们在位置的转换中，会自然而然完成身份与角色的转换。我们目睹一个孩子的成长，他们年少的时光那么短暂，而后又匆匆相爱，筑起脆弱的家。再眨眼间，风霜早染白了他们的头发。我们目睹着这猝不及防的苍老，一生竟宛如一天。我们甚至说不清楚这一切是怎样一点点发生的，而众多的个体之间又有什么不同。生，或者死。怎样结束？

23

“他们在苦熬。”福克纳在《喧哗与骚动》的结尾这样写道。是呵，谁来描述这些高贵的世间的生命？谁来描述他们（它们）在短暂的一生所遭逢与经受的一切？谁来描述无名者流离的命运？万物度过漫长时日的普通与不凡，像我所飞临的黑夜的高空，闪现高远深邃并且不可侵犯的特质。

24

我想，我们对语言的节制即是：我叙述下自己，我不复存在。我们对语言的谨慎即是：我描述下自己，我是语言的幸存者。语言一经说出或写出，它表达的就是思想，紧贴你的灵魂的气息，是你的缩微的你，除此，不可能是其他。

你从自我出发，又回归自我，在自处或他处中，最终重叠出那个新我。

语伞散文诗选

语伞，本名巫春玉，“70后”，祖籍四川，现居上海。曾在《世界文学》《青年文学》《诗刊》《星星》《散文诗》等数十家刊物发表作品；著有《假如庄子重返人间》《外滩手记》等多部。曾获《诗潮》《星星》《诗歌月刊》等刊年度奖、第五届中国散文诗天马奖、第七届中国散文诗大奖等奖项。

图像与曲谱（7 章）

街　拍

如这一瞬——

当纸页弯曲，发出时间的裂帛之声被我翻开，城市白色斑马线上面孔精致的青年，和他们尚未落地的右脚，正诠释着罗马假日里风的形状。

一定是早晨，曙光初晓，斜穿过楼群和电线杆的身体，轻微的荷尔蒙气息，让头顶那些危险的、凌乱的电线，透射出蚕丝般的明亮质地。

他们并没有露出笑容。陌生的表情，显得那样神秘而深邃。

并且，一排整齐的分类垃圾桶就在不远处，为这永恒一瞬留下了清晰的年代背景。

有一天，黄昏漫过他们，他们回忆起波希米亚狂想曲的味道，他们不曾知晓，有人在此叹息过韶华和命运，以及星空下一只无人安葬的蚂蚁。

玻璃幕墙

每个人都应该挂着怀旧的微笑，去靠近现代主义的摩天大楼。

跨越时代、年龄，借一面玻璃幕墙作为皮肤。

扔掉太阳伞、防晒霜，走进灌满紫外线的空气中，转动手臂，清空沉重的手势，迎接一个令庄子也羡慕的正午。

任何一束强烈的光照，都不会强迫你的眼睛。

任何一张令人不舒服的脸，都将自惭形秽、羞愧乃至黯淡。

任何一个方向，都摇晃着音乐的叶簇。果实在跳舞。

虚空中，阳光、月色、灯光，从不同角度赶来，城市被光的苔藓覆盖。斑斓在头顶盘旋，变化之美没有尽头。

突然一场大雨，把来往的车流和人群分开，每个人，又重新找到了自己的皮肤。

而你，深奥的科学，一直在消失，又一直在创造。

宾　馆

金色疲倦的收藏者。

我有紫色的黄昏。以旅行者、漂泊者的身份，等你索要不同的睡眠。

那些和我一样献出姓名的人，在你体内寻找另外的道路和方向。影子、捕梦者、明暗相间的微弱光亮，向空气中投放复杂的脚步声。

这时伸出手指，可以分开潜意识的群山与河流。是你，见证了这起伏和流淌，把一切悔恨和荣耀，置于不存在的风口浪尖。

所有人都用过去换算过未来。

第二天清晨，大脑仿佛经历过一次越狱。

床单、被套上新鲜的折痕，和写字台上的便签一样安静。我开始向你索要水、梳妆盒里一只结实的浴帽，索要椅子、一次送餐时门铃的演唱。

索要浩渺、一个陌生的窗外。索要空白。

我还在你之中做思维的游戏。快将我隐匿……

新事物

这一天的嘈杂，应和着天上云层变幻的形态，迅速站立起来，与寂静成为仇敌。

你埋下头，将一切沉重的石块击穿，透过真理，窥视谎言，借口向这个高贵的城市转述了时间的第三层函义。

同样的剧情，正在套用经典的公式，将繁杂的情节一一压缩。

火热的那部分和漠然的那部分叠加在一起，从强大的风暴中长出手臂，它们挥来挥去，挥来挥去……省略号已经很长了，你急急地忙着感恩、致歉。

风吹来八月的鹰，叼走斑驳陆离的视线，迅速飞离昨天。

你跳出悲观的近义词，在潜意识里返回睫毛下明亮的住所。

你相信明天仍然是一种新事物。

只是夏日炎热，依赖空调活着的人，将门窗关得更紧了。而明天该用怎样的信号，向日子发出精确的邀请？

盆　景

真实的树木和假石头，占据了你的大脑。

水泥森林突然安静了，白天如夜晚静寂，夜晚如遥远的山谷。

你献出簇新的叶片。我把窗门紧闭。没有风的吹拂，你无法获得闲适的摇摆。

一首无声的诗，一幅立体的画，你原本就是在向雕塑致敬。我将你和这个时节的人们捆绑在一起，将你和我此时的心境捆绑在一起。但是，人被暂时束缚也会忐忑不安。从内心，我开始重新审视你。

你穿越我的眼神并不为寻找庇护。

你接住玻璃窗反射而来的阳光花纹，抛掷出一种透明的绽放——

天鹅绒的香气，黑色的泪水。

现在，梦幻之马为我运来你端坐云端的样子：是神像，还是祭坛？我要双手合十跪拜，还是唱一支英雄挽歌？

路　灯

我以局外人的身份，高悬寂静的手腕，在道路的瞳孔里存放夜莺和萤火虫。

当它们对我指引，对城市呵护，光洁的水泥地面上，就写满了轻柔的谣曲。

我有晚风浣洗脚下的道路。

我有一份闲逸之心，等待被舒缓的脚步消遣。

黑夜来临，明亮的果实果汁四溢……连缀成一棵树的影子。影子与影子平行或者交叉，像光的果园，向远处绵延。

它们靠近我，将我并未写在脸上的情节一一阅读，又耐心地反馈给我，我一天中的急切、懒惰，就像水果一样饱满。

风过留耳，有虚拟的歌声供晚归的人倾听。

我之于城市，是勾勒城市轮廓线的工匠。

城市之于我，是我踽踽独行时，闯入我心灵深处的访客，它并不迷恋我有什么隐私和新闻，我却迷恋它在夜晚写下的，光的艺术和史诗。

花　园

在高楼的庄严里，花园的名字来自神话。

如灯火丰盈，如星辰倒挂的天空。

她坐在月光的长椅上，满身都是蝴蝶。

她的小径与廊亭，散开观音般的妙手，从不同方向，点化访客的眼睛。她身上降落的露水，可以修复情绪的漏洞。

那些缰绳在腿上挣扎的行者，如果他们启开、自由闯入，花朵就会突然在他们脸上聚集。带着愿景的叶簇，会从他们的掌心取来小小的野浆果，哦——这个毛孔里可以跳出香芬的地方，将绿草坪裁成了一条宽水袖。

谁正拿起巨石勾勒卷云，谁在创造丝绸般顺从的光阴？

她当然是楼群宠爱的护城公主，替城市私藏着那枚最漂亮的印章。

她属于韶华卓然的开端，成为所有历经磨难的旅程的尽头。

皇泯散文诗选

皇泯，本名冯明德，湖南益阳人，1958年生。迄今在《诗刊》《星星》《诗选刊》《中国作家》《青年文学》《花城》《世界日报》等国内外数十家刊物发表诗和散文诗2000余首，出版有散文诗集、诗集、专题片8部，入选80余种选本。曾获中国散文诗90年“中国当代优秀散文诗作品集奖”等奖项。

人和巷时光（6章）

记忆，拐至人和巷

记忆，拐至人和巷，躲藏了六十年的故事，从麻石缝中钻出来。

稚气童声的“到老家，回原家!”由远及近。

乳名，在黑暗中彼此寻找。只要有一盏带玻璃罩的煤油灯，晚风就吹不走往事。

一粒屋檐水，通过滴落的方式，寻找麻石水沟，流经人和巷汇入资江。

一条没有帆篷的纸船，在没有完全浸透前，找到了漂泊的航程。

在被一只小鸟衔飞的风中，记忆长了梦幻的翅膀，翔入了天空。

云朵，不想雨了，也不想烈日。

只要有那么一点点的想象，飘荡，就有了生命的意义。

儿时的记忆是一条小溪

如果语言张开双臂，就拥抱大海的奔涌，粉碎礁石的沉默。

如果眼睛伸展双臂，就延伸草原的辽阔，起伏跌宕着风云。

打开年迈的门，童谣从关不住记忆的门缝里溜出来，撒野。

顽皮的秘密，不小心跌倒在跳远或跳高的沙坑里，而三级跳远，更多的是一种带有惯性的自由。

任性的沙子覆盖了脚踝，找不到逃离的脚印。

呛沙，比呛水更加富有戏剧情趣，很多年后，还有回味。

如果说，儿时的记忆是一条小溪，一汪湍急的水流，只要泉眼不干涸，就会在黑夜淹没黑暗，在清晨响亮光明。

露珠，晶莹着我一辈子的人和巷。

我热爱这条麻石小巷，我热爱小巷里很细小的事物。

比如祖母手搓的麻线，纳入布壳子的鞋底，我的脚印就不知道疲软；

比如老爸的杂木扁担，挑满一缸资江水，夏天的月光从亮瓦上跳下来，水汪汪。

三伢子放学后的陀螺，从巷头旋转到巷尾，忘了回家吃晚饭。

我热爱这条麻石小巷，我热爱小巷里很细小的事物。

一针一线，一草一木，一粒从屋檐滴到荷叶上的露珠，晶莹着我一辈子的人和巷。

温馨的时光，刻骨铭心

让云朵开放在晨曦里，你的阳光照耀在我的身体上，像泉水叮咚着大山，涓涓细流渗透根茎，大树便在茂盛中，寻找到生命的活力。

我们都不想退回到原始森林时代，赤裸裸地被时间割裂。

只想保持原生态的新鲜，水汪汪的娇嫩，一种迷人的诱惑。

菌类一样，撑开天空。

尽管这种伞下的靓影，不会在麻石上打滑，走入人和巷后，就会蜿蜒成一道风景。

一块冰在夏天也经不住烈日的热爱，融化的过程是世界上最幸福的事情。

在那个夏日的午后，我看见了一枝白莲在风中敞开清香。

视觉，便在味觉里活色生香了。

忽然，又闻到了窗外树枝上跳跃的鸟声。

这种温馨的时光，从此刻骨铭心。

懵懵懂懂的时光

听到自己的声音后，我重新开始了对自己陌生地审视。

就像清澈的孩童，俯身于井口上，看见自己成了能眨眼睛的月亮。轱辘，松下好奇的缆绳，摇起一水桶皎洁的月光。

月塘濑童谣响起：月亮月光光，住在水中央，风儿荡起月亮船，摇呀摇，一摇摇到了外婆桥……

这并不是舞台上演绎的童话剧，而是真实的生活场景。

你拍一，我拍一，一个小孩还是坐飞机；

你拍二，我拍二，两个小孩在一起，不仅仅只是梳小辫。

亲切的乳名，唤醒记忆，试图以成熟的目光去再现当年懵懵懂懂的时光。

即使，我还是我，你却不再是你。

小城故事并不多

小城故事并不多。

过去，从巷头走到巷尾，你成了诗，押韵着人和巷，麻石上刮过一丝拐弯抹角的风。夏天不热，冬天不冷，这座小城四季如春。

小城故事并不多。

后来，是小说。所有的细节都很真实，只有情节不断翻新不断离奇直至离谱直至失真。从三堡到城内，柏油路被溜达得油光发亮。凤凰牌载重车，摇响一路幸福的轻松。

小城故事并不多。

如今的散文，书写着夕阳红。形散神不散，还是神散形不散，无所谓。只要脚印，从桥南散步到桥北后，还能从桥北回到桥南。

让风轻轻地抚摸相思

我们从未握过手，僵硬或柔软，都是相握的电流。

我们曾经擦肩而过，闪亮的火花，如同流星划过。

我们只在记忆深处撑开雨伞，人和巷，已被开发成商品；

我们只在童话寓言里取暖，小姑娘的火柴，被安徒生擦光了。

我们曾经小心翼翼呵护的那一方净土，已被世俗开垦，稻谷和稗子掺杂在一起。

太阳断电，月亮伸手不见五指。

我们无法打捞滑落在银河里的星星，只能让风轻轻地抚摸相思。

湿润的感觉薄雾一样，迷蒙了回家的路。

爱斐儿散文诗选

爱斐儿，本名王慧琴，“60后”，祖籍河南许昌，现居北京。作品散见于《诗刊》《星星》《散文诗》等数十家刊物，部分作品被翻译成英、日、法等文字。出版诗集《燃烧的冰》、散文诗集《非处方用药》《废墟上的抒情》《倒影》。曾获“天马散文诗奖”“中国首届屈原诗歌奖银奖”“第八届散文诗大奖”“河南年度诗人奖”“《诗选刊》年度优秀诗人奖”“《诗潮》年度优秀诗人奖”等多种奖项。

经过尘世（5 章）

觉　醒

“大梦谁先觉？”许多醒来的人都在问。

比如桃花，如果不是遇见春天，她怎能知道自己与那些头顶飘过的云朵有什么不同？

如果不是开着，怎会知道自己已开成了天空的镜子、大地的眼睛？

阳光真好。

在一首诗中醒来真好。

在饱含爱意的目光中醒来真好。

所有的光都满载着温暖的能量。

是美丽的光，让美好的事物接近了本质和真相。

当她们次第走进春光之内，当她们无条件地献出明媚和花香，她们本真地认为自己就是明亮世界的一部分，并不觉得自己与落在春水里的粼粼波光有什么不同。

她们的花香与光芒只是被春风借用，便成为能量贯通的一部分。亲近她们的人不但得到了关怀，还找到了自由，有些人则利用被唤醒的心，觉知至真、至善和至美。

她们多半不说话，羞赧的神情让她们看起来更加单纯，仿佛一个人半生的清澈和宁静。

如果问到她们与世间的相挈之美，她们会说，她们只是刚好来到了自己的今天，她们只是借用一支桃花绽放自己。

她们其实就是比海棠或月季觉醒得早一点，内心充满灵性，将一切有情众生视为另一个自己，与万物一起永驻圆满之中。

经过尘世

尘世这么满。

而我们拥有许多东西，比如商品、学识、三餐、权利、思想……比如南山下的菊、太平洋的水；比如生死。

纷繁的尘世对一切生命充满天然的吸引力。

我们只能以坠落的方式接近它们，有时与光阴同流，有时与红尘为伍，有时索取和付出，有时奉献和感恩。

只是，熙来攘往的人流中，贫乏的人未必一直贫乏，富足的人未必一直富足。

虽然在尘世拥有一切可交换之物，但不是每个人都能得到最心仪的东西。

到处都是匆忙奔走的人，他们来不及看清自己的影子就进入了一部庞大的机器，在惯性里迷失，在迷失中沉湎于游戏。即使有人换回了自由，有人换回了孤独，有人换回了荣光，有人换回了耻辱，但在所有的交换中，都无一例外地换回了与心对应之物。

是的，尘世是满的。

假象因为其庞大的阴影看起来比真相更加易得，走向轮回和走向使命看起来布满同样的玄机。

只有少数人能够区分它们不同的色彩和光线。

此岸与彼岸

一条河，有时候，也许会被命名为小月河。

其实，一条河就是一条河。

你只是需要立于她的身旁，听她说，听她唱，听她把一座城池交给一片云烟，听她把有形的故事说成无形的光阴。

此岸如果就是我们的诞生之地，那河流就是我们走过的人生，包含所有的贪欲、嗔恨、愚痴、傲慢、疑惑；也包含使命、愿景、成就与圆满。

它们同处同一条河流，咆哮或安宁，奔腾或沉静。

就像罪孽本身蕴含着宽恕；就像一个孩童本身蕴含着老人；就像所有的新生都蕴含着死亡、神圣中蕴含卑微、静谧中蕴含暗潮、聪明中蕴含愚钝，恒常中蕴含无常；就像乐中有苦、繁华中有凋零……

它们时而泥沙俱下，时而静水流深，圆满和缺陷的都是这条河。

过去、现在、将来，也是这条河。

她只是流淌，只是顺应。

仿佛她的流淌就是一种静止，不问原因，只是向所有的生命提供水源，提供爱的滋养，从不担心饮用过爱之琼浆的人，有没有像她一样把慈悲之爱带向了远方。

我的一生就像一滴水经过河流。

河水的起伏就是我的起伏。

河水的清静就是我的清静。

河水的悲喜就是我的悲喜。

河水爱过的一切就是我爱过的一切。

轮　回

花开和云水都是流逝。

一场风吹亮短暂的光阴，也把那么多人眼角的水分吹干，同时也吹宽万千条道路。

许多人走在不同的路上，有时候擦肩而过，有时候短暂同行。对于许多人来说，未来广阔无边，远方看不见不是因为距离就是因为暮色。

一春一秋，花谢即轮回，云散即流年，每一个灵魂都那么孤单、那么小，要么就随抒情的流水向东，要么就跟随繁华景象误入歧途，有时候还来不及躲开阴霾，风雨就来了。

有福的人会听到自己内心的声音而得到指引，获得了爱的甜蜜；不幸的人被卷入滚滚红尘，在小小的欢愉中获得虚假的满足。

燕雀和鸿鹄看起来都在飞，但是，有的去思想，去追寻，有的去觅食，去游荡。它们的影子同被白云提着，在尘世看来，那些翅膀都一样真实；只有命运知道，那些四处游荡的翅膀只能去往轮回，那些唱歌的翅膀将飞向天堂。

回　归

我常常从一朵花或一株草中获得力量。

为此，我时常放慢自己的脚步，为青石缝中长出的一丛蒲公英或者一棵小飞蓬，为投注在树林间的一片明亮的光影，为一扇橱窗里那些质朴的印花长裙或青花瓷盘，为屋檐下滴答的雨声，为风抚细雪，为一切优雅自然的事物停留一会儿，是它们寂静的足迹，成为领我到来的优美指引。

它们常常以厚礼馈赠我，赠我花开的喜悦，还赠我蓬勃向上的慈悲。

当然你也可以拥有与美好的事物相逢一笑的经验。

比如相遇久别重逢的老友，或者在破晓时分相遇蔷薇花和露水捧出凛冽的香气；比如与一条河流的潺潺水声合二为一，或者被潮湿的海风甜蜜吹拂。

有时候，你只要静静地立于月下，让如水的月光洗净你沉重的呼吸，你便会获得短暂的轻盈。

让你空灵的心性飞往浩瀚的太虚，让外在的天空唤醒你内心的另一片天空。

已经有多久了，你忘记了“我”是谁。

当你终于发现并拥紧关于“我”的真相，就像一位诗人无意中掘到一眼灵感的泉源，而被巨大的喜悦和慈悲包围。

我曾一遍又一遍地自问，为什么你会深陷红尘这么久？为什么你迟迟没有发现“贪爱”这一痛苦之因，其实就是囚禁自己的牢笼？

黄恩鹏散文诗选

黄恩鹏，中国作家协会会员。著有《到一朵云上找一座山》《撒尼秘境》《边地笔记》《过故人庄》《时间的河》等作品。获首届全国散文诗大奖、年度诗歌奖、作品评论奖等奖项。现居北京。

与虚怀若谷的人谈论山河的海拔（6章）

南迦巴瓦

云在三界行走。我听见云朵擦过山尖的声响，有如白山羊咀嚼青草。一路恭叩的人，心贴紧了大地，丈量肉体与灵魂的距离。巨崖高悬，河流低垂。一头披着斑驳皮囊的雪狮护佑雪山。冰川晃动，摇摇欲坠的我脚步踉跄。

缺氧。我在平原住得久了修炼不够，我在低洼卧得久了灵魂没有了高度。

但我坚持从雷电中寻找人生命的本质，与虚怀若谷的人谈论山河的海拔。

我在大经堂里，打开了绸缎包裹的经书，那精神的花朵、灵魂的果实，散发出迷人的清香。

雅鲁藏布大峡谷绕山转弯。

在喧嚣急奔的世界面前，不谙世事的我如同少年。但我知道：遇见鲜花，生命需要驻足；遇见荆棘，精神需要坚硬；遇到不可移动的石头，灵魂需要柔软一下。人世间，肉体速朽，精神长存。神佑护善美的存在。肉体轻如尘埃，品格重如山岩。天地大剧场，人生小情节，我们要活得美好。

南迦巴瓦，散淡的我，需要一把藏刀，唤醒我体内凌厉的呼啸。

念青唐古拉

如今恐怕少有圣贤了。但是，清风明月是，念青唐古拉是。

瞬间的仰望，褪除了虚妄的证词。念青唐古拉在母性的纳木错之上闪烁光芒。风马驭天，大地净朗。肉体的伤痛，灵魂的炙烤，缘于由来已久的困惑。

我、你或者他们，掩饰另类面孔，前来觐见。

膜拜大地，慈悲是抵达光明的通道；轮回或涅槃，雪山是巨大的经筒。清风明月，大地转运，河流隐秘的源头在此。

我离它太近了，只隔一片冰雪的距离。我不能高声喧哗，否则会遭遇雪崩。我也不敢窃窃私语，怕被神听见。

据说念青唐古拉雪山藏匿着一本驱冰雹经书。站在青藏公路边，满怀忧伤和羞愧，谛视光芒最初的抚慰，我的骸骨是它疼痛的细节。

孤寂让灵魂得以完美，石头的伤口在天堂。

转山的人借一串硕大璎珞照鉴自己的前世。

卡若拉冰川

一座山，还是一座城？有时候我想它一定有深达千丈的根基，否则不会这般延绵挺立，能够背负风雪雷电的侵蚀而不塌陷。

它是飞翔的，也是静止的。

时间漫远的祷告之姿连接蓝天白云和日月星辰。

它是一座垂直的大河，有大鱼箭镞般扶摇攀水，高跃崖顶。

年楚河来自东部的卡若拉冰川。

孩子和母亲，王子与王，自然物理生命的本态，原象世界的意义群。肉体与灵魂的关系，在某些时候能够找到彼此相同的血脉。冰层愤怒，大海上升。卡若拉是纪元的冰川，有其历史偶然的神秘性；年楚河是冰川的变体，呈现的是必然的现代性。

饮年楚河水的日喀则人，是否知晓山河之间存在着怎样的内在关联？

尼洋河

石头抱着石头，水抱着水。我走累了，在一个叫工布江达的村庄停留。

墙是石头的，插着旌幡。大门半掩，有松枝插于门闩插孔。一个远道而来的年轻朝圣者在此落脚。他从遥远的寺院而来，一路恭叩祈祷。他用净水洗手，用雪洗脸，用冰川洗清澈的来世。

他的白昼与我的夜晚重逢。土墙之上，弯曲成半个天空的牛角挑开了细窄的云缝，光焰闪烁，神的疆界开阔。桑烟飘升，隆达飞撒，清水流淌。我渴望得到一匹驿马，沿着尼洋河不停奔跑。饮一口汉时的清泉吧，沿着山路，向下一个驿站驱驰。

白塔在侧，风雨在前。我学着僧人在河边盘膝打坐。听河水鸣唱，风里长出了翅膀。我看见白色天梯在头顶的岩石之上，缘山而上，那里的一朵乌云正在散开。

我梦想自己能够成为一个大巧若拙的人，破茧化蝶，逍遥天地。

西梅朵合塘

牛羊负载往事，草木随风起伏。偶尔从草滩露出一块光滑的硕岩，让铺纸作画的人尽情发挥时间和地域的想象，疑是天外来石，或者让某种回味成为抒情的一部分。

欧拉秀玛在侧。甘肃在侧，青海在侧，这让两个省份的人能够在此偶然相遇。

据说，爱情往往越过省界，给当代小说和诗歌增添了不少浪漫的叙事素材。

绵延了数十公里的金莲与龙胆入镜。花香是一种光，由曲哈尔湖认领了。

羚羊和牦牛是最受欢迎的高原的孩子，也是高原上不言而喻的关键词。大大小小的湖泊像是棋手摆出的棋子，边角占位独到。五十公里以外的黄河草滩上，太阳是合格的牧手。

我沿着河流行走，无论走到哪里，都有格桑梅朵开放。我听见八月的波斯菊与十月的毛茛草相互邀约，现代主义元素毫不犹豫地唤醒了甘南大地的生命意义。

天底下最净美的梦遮蔽了甚嚣尘上的人间世。

我愿意在嘎啦鸡的叫声里以最初的陌生迷失于走过的路径。

珠穆朗玛

天地颠倒，鹰在深不见底的天空远翔，太阳的孩子被大地的家园收留。玛尼石风中盘卧，旌幡与桑烟飞旋，苍鹰和雪豹却步而返，只有大风和流云，能够抵达它高挺的背脊。刺骨的寒流，漫起了白色的帷幔。

巍峨的城堡，古老的经卷，峭拔的灵魂。

以山为碑，亡灵沉默。

太阳和大地，火焰和冰雪。身体藏在羊皮袍里。烤蓝色岩石上，巨大的铠甲和武器，遮挡住时间的侵扰。大风夹杂古海的咸味。抬升，抬升，继续抬升。珠穆朗玛，时间之巨野的苦行牧人，风雪无阻，牧放雪山下最健壮的牦牛。

酒里驻着神灵，我以一壶高度青稞护身。

十万尊神，护佑十万灵魂。古龟的甲壳与天地的爻辞，尊者的莲花与圣象的身影。念珠奔行，隆达飞旋，神的谕说在天地间呼啸。

此生的我一定是草木转世。

冰雪之下的那些草木告诉我，在高不可及的峰顶之上，藏有一枚囊括四海的巨螺。大风吹号，悬空而舞，我听见了呜咽低沉的轰鸣。

耿翔散文诗选

耿翔，陕西永寿人，“60后”。作品见于《人民文学》《诗刊》《花城》《十月》《星星》《散文》《随笔》等数十家刊物，中篇散文《马坊书》《读莫扎特与忆乡村》荣登《北京文学》《散文选刊》年度排行榜。已出版《长安书》《秦岭书》《马坊书》等诗歌、散文集10余部及四卷本《过山河记》。作品获老舍散文奖、冰心散文奖、柳青文学奖、首届三毛散文奖，组诗《东方大道：陕北》获1991年《诗刊》年度奖。

朱鹮记（7 章）

鸟的门，向鸟打开

在积满风雪的秦岭，一抹朱红，这些飞鸟的衣，像被山体一寸一寸磨出颜色。

一只飞来，像把一扇迷失的山门打开。

一只飞来，像是破败部落中，依然高贵的酋长。身后的风雪，再大也掩埋不住的朱红，把鸟的家族，涂进完整的山体，也是斑斑驳驳。

一只飞来，卧在一棵树铁黑色的阴影里。今夜弯曲的月亮，可是鸟儿流血的翅膀？

不要再倦飞了，让石头抿住嘴，让月光，为你们诵经。

一只痛别秦岭的风雪，一只苦恋人家的烟火。其实山外，不是温柔之乡。看你们千里寻觅，我不忍心，把这个世界写得很悲凉。

你们真的飞倦了，就请带上那一抹朱红，飞回秦岭清寂的深处去。

不要怕山顶的风，不要怕山顶的雪。鸟的门，向鸟打开。

守鸟人

为一群众神之鸟，他们把贫穷驮在，比岩石还粗糙的背上。

顺风喊一声，我第一次觉得，守鸟人一生的沉重，就像一株玉米，立秋之后，跌倒在原野上，还要咬牙站着。

一座破旧的茅屋，在秦岭的深处，像替大山插下一面招魂的幡。

记住这草色的屋顶，朱鹮，记住天空的道路。

而守在茅屋里的一对守鸟人，把简单的日子，贴近一块土豆，放在火塘边。

其实，他们才像秦岭，最后守驻的一对山神。不管明亮的雪，从哪一座抖动的山峰上吹落下来，他们扎实的目光，都会平坦地铺在一群朱鹮飞过的地方，都会让我看见今夜的秦岭，在失去一些东西之后，仍然亲切地睁着两双眼睛。

像站在一块乡土上，我想轻轻地，替一群与雪共舞的朱鹮，敲开藏在秦岭深处的一扇木门。

而门后的守鸟人，最好像我的一些亲人。

大雪不远

大雪不远，大雪覆盖下的秦岭也不远。

我的一曲泥埙，还没有吹完。我的最后一件防寒的衣裳，还没有完全解开。一片雪谷，已不可侵犯地把我挡住。

这里是人们，为拯救濒临灭绝的神鸟，而自觉放弃的一小块土地。

朱鹮保护区——五个黑色的大字，像秦岭突然伸出的五根滴血的手指，能抓破每一架远处的山峰。我近在咫尺，却像一匹马，把刨不起尘土的前蹄，僵硬地放下。

万物呵，你们的神秘，就像一座无形而无限的秦岭，站在我的身后，命令我，用神传授下的文字，或神传授下的音乐，来日夜颂唱。而在大地和我的细胞里，有个声音催促着我，即使穿过积雪，也要尽力挖掘有关朱鹮的记忆。

大雪不远，大雪覆盖，那堆满沙砾的泉眼，在我不顾一切的怅望中，也应该不远。

一幅国画

我的一生，沿着一个人的目光，高贵地飞翔，却把身子很随便地放在她的村庄。

朱鹮，看见你从秦岭一声不响地飞来，我空无一物的心里，再也装不进别人的影子。我也想过，你从秦岭飞来的时候，只要轻微地抬头，让目光穿越渭水，穿越关中平原，穿越那条出了长安的丝绸之路蜿蜒进的一片黄土高坡，就能看到我很多年前遥望着秦岭生活过的村庄。

谁说大雪无痕?

在这片比宣纸还素净的天空里，你像我用整个青春向南遥望着秦岭完成的一幅国画。

而把你挂在秦岭的哪座山峰上，才能忧伤地表达出，我对于一个人的爱?

遗失的情书

落在秦岭的山脊上，一根朱鹮的羽毛，像一封从天空中遗失的情书。

它也像秦岭，从自己苍茫的身上，为人间写下一封永恒的情书。

它是一只众神之鸟，用最后一根飞落的羽毛，对眷恋一生的秦岭，做出最温柔的抚摸。

它也像人类遗失在祖山上的一封情书。

它不是一个幸福或不幸的人，在一生短暂的爱情中所能拥有的那些情书。它也不是我们可以放大声音或压低情绪读过的，那些成为爱情经典的情书。

它让我想到，古时候的美人，还没有走远，还住在我们身边，采茶，或者织绢。她们爱在水湄，遥想那些千年以前的事情。她们灿若桃花，却从一尊青铜，移步到一张宣纸上。

像大地之灵，她们飞翔。

她们也留下一根羽毛，像一封解读秦岭的情书。

茅屋里

谁从大风的衣袖里抽出雪掌，不停击打表面上冷淡的秦岭？

就像昨天进山，我被一群生动的朱鹮牵引住脚步。就像这些大雪，不断飘过头顶的神鸟，把冬天的目光压得很低。

沿着它们带血飞过的天空，我像在一个熟人的身上寻找一样，羞涩地寻找一堆正被放牧着的云朵。我深藏一切的巢穴，由一只失群的朱鹮，在寂静之中构筑。当我再一次靠近，这从大雪中送过来的温暖，使我合上读熟了的秦岭。

而与我一起躲在一棵苦楝树后的行者，等待一只突然飞入寺院的朱鹮。大雪拥挤的天空，把所有隐在秦岭身上的墨迹，一页页拓印出来，然后依山抽出几根肋骨，装订成一部众神的读本。

朱鹮，我终于梦见一位守护秦岭的女神，把我遣回到一座有你筑巢的茅屋里面。

我缩在天空的心，也因此放松下来。

吉祥的符号

你很像众神在天空用心画下的一个吉祥的符号。

我想，你高贵的形象，早已定形在众神的心中。

众神画你，是一件轻而易举的事。只是要把你画在地球的哪一座山脉上，来陪伴远远没有你古老的人类，却是一件难事。

众神为你选择秦岭，也令黄河拐过九十九道弯，为你奔流而来。也因为你，有水草的地方，没有一只羊不在吃草的过程中还望着天空。

你也像众神在大地上有意丢下的一块会飞的石头。绕过月亮的环形山，我看见万物的心愿在有人间烟火的秦岭，跟着你飞翔。

朱鹮，让我像一朵云等在你就要经过的天空。

蓝格子散文诗选

蓝格子，1991 年出生，黑龙江哈尔滨人，现居北京。偶有作品见于《星星》《诗刊》《扬子江》等多家刊物。

节气书（6 章）

立　春

冰雪开始向水转变，植物悄悄酝酿着从土地里钻出来。想象里，这样的情景多少会给人带来好心情。

可你还是忍不住陷入低沉的情绪。

生离死别，越来越多地不请自来。一个人的离开，的确像水消失在水中。

像剥好的柚子还没吃完就被遗忘在茶水间，如今，你们在毫无准备的情况下走到了结局，随意而潦草。这与你对人生的打算格格不入，甚至背道而驰，可也只得继续往前走。

再过些时间，土地就要解冻，黑色就要暴露出来，疼痛感和赤裸的石头一样，让你无法回避，泪水在无人的夜晚涌出。

你知道，折断的树枝旁，草丛还会新生，紫罗兰会再次开放。你想象着山坳里即将发生的一切，但再也没有人和你讨论小麦的长势、云彩和墓地。

这些年，火车总是准时穿过山间驶入城市，而我们的祖先，与无辜的乡野一同停留在身后，这是不是足以成为一种荒凉？

清　明

四月，荒原上的野草、低矮的灌木树叶又重新绿起来。

春天开始了。依旧是，春风吹红桃花、吹皱山河，吹高悬的树冠，也吹低沉的病痛。

风吹着树叶，沙沙作响，像多年前新婚时，他为她哼唱的一首旧曲。

此后，他们生儿育女，过普通的生活，安于尘世。她为他准备好每一次远行的新衣。

如今，春风疾行，细雨连绵，她忍住泪水，连夜为他备下崭新的寿衣。

像是一阵暴风雨，猛然间生出了超乎自身的力量，让那些半空中密密匝匝的树叶摇晃着，失去对自己命运的把握。它们挣扎着抵抗，在绝望中打转。

春日盛大。

送葬的这天，天气晴朗。

她看着远处暗绿色的山岗，不语。

她闭上眼睛祈祷。她希望那就是天堂。

夏　至

我是说，多余的指甲应该被一点一点剪掉，这不过是司空见惯的情节，夏日的气温也是一点一点攀升至此的。因为感冒，你坚持没有开空调，但晚餐时的啤酒并没有因此省略。

你起身去开冰箱的门，啤酒瓶躺在冷藏室的第二层，蓝色瓶盖在醒目的位置整齐排列着等待你的认领。你将最左侧的一瓶啤酒从冰箱里取出，回到餐桌。两个人的餐桌，还摆放着刚搬家时买的那只金色花瓶，可花瓶里已经很久没有插过鲜花了。

逐渐地，你们宁愿把时间花在一碗西红柿鸡蛋面上。沉默从一次餐饭蔓延至每一次餐饭与它们之间的间隔。闷热占据了整个房间，热风从窗口送来讯息，提醒到了夏至日，正如乌云提示一场即将到来的大雨。

多年前的夏至日与现在不同，那时你们还在外省为生活奔走，可彼此欢喜。山谷和山峰之间，夏天的荔枝树一棵挨着一棵，过去的时间悬挂在枝头上，闪光的绿色慢慢被阴影掩盖。低处呢，草叶的边缘，一只缓慢移动的蜗牛被你们看到，然后，消失不见。

如今，夏夜的雷声持续敲击耳鼓，你看着闪电一次又一次擦亮天空，作为回应，暴雨形成风景，淹没了倾听。尽管如此，你还在猜想明天，雨过天晴，蝉鸣会不会再次出现在树梢。

秋　分

傍晚，她乘坐公共汽车返回住处，太阳光线经过车窗玻璃折射照在身上，她试着享受这短暂的暖意。偶尔，她也会将目光移向车窗外跳动的灰尘和广场上熙攘的人群，将自己从人群中抽离而出，来到一个想象之地。

在正式开始一次谈话之前，他们已经度过了长久的离别生活，但这并不能阻止他们像久别重逢的恋人一样交谈。

分别的天气有时好有时坏。他说，她保持倾听。有时是，两个人反过来。

冷却多时的争吵被再次从水中提起，这无异于在伤口上撒盐。

冬　至

到了冬至，北方的树木已经脱光了叶子。你所在的城市，街边乔木也已经进入冬眠状态，日子似乎是在顺应时序，进入一年中最艰难的阶段。

妻子的病情还没有得到好转，脾气越来越差，儿子处在叛逆期，父母亲在电话里极力掩饰着越来越差的身体状况——

这不过是人到中年的常态。

房间里的龙血兰还是和夏天一样葱茏，看起来生机勃勃，但整间屋子静悄悄的。你还是决定到室外走走。你沿着潮白河一路向南，偶尔遇到散步的老人互相搀扶着走过缓坡，你多希望这样陌生的宽慰能更持久些。

连续的降温天气让河面有了结冰的迹象。你联想到小时候在冰面上玩耍的情景，那时的气温比现在更低一些，可不觉得冷。你早已不敢像童年时那样放胆走上冰冻的河面，你也曾因为这样的冒失掉进河里，并因此受到一次严厉的训斥。

你不由暗自感慨，那样肆意的时光一去无返了。

眼前的冬景，冰凌暴露如锋刃。你想起几年前在长江边散步，有人面不改色地跃入江水。那些冬泳的人，凛冽，却忘记了寒冷。

大　雪

显然，雪不是只有在十一月才会下。雪也下在其他的月份，或早或晚，比如十月、十二月、一月，甚至二月、六月。雪下在北方人口稀疏的小镇，也下在北方以外的城市和乡村，有时，是以雨夹雪的形式。

多年后，你在南方的一座海滨小城结婚生子，人生步入中年，童年生活变成一片过去摔跤的雪地，你已回不去了。

再后来，提到雪，你总会联想到在湖心亭看雪的张岱和寒江独钓的柳子厚。实际上，上下一白的景象并不是明代或唐朝才出现，可你还是对西湖的雪有种别样的偏爱，或者可以理解为对遥远的美充满一种期盼。

与此同时，你接二连三想起那些和雪一样白的事物。

羊群、棉花糖、天上白云。

白色墙壁。

一座冰冻的雪山。

被雪覆盖住的秋收后的稻田。

而你不会想到，大雪正在远处的树枝和屋顶上慢慢堆积，形成足够的白，空白，洁白，以此来抵抗黑下来的天空。

窗口的灯，一盏接着一盏，暗下去。树上，啄木鸟用它坚硬的喙用力啄着已经脱皮的枝干。

风荷散文诗选

风荷，浙江宁波人，1969 年生，现居余姚。作品散见于《中国诗歌》《星星》《诗潮》等刊物，著有《临水照花》《城里的月光》《恣意》等诗文集；作品入选《中国年度诗歌精选》《中国年度作品·散文诗》《中国年度优秀散文诗》等多种年选。

溯流而上（6章）

回　响

桉树用淡薄之心盛雨水，而云雀反复试探风声。

树下，一盏薄酒和几碟小菜加重暮色。手执经卷之人，愿意和一些事物出现。

生活得小心翼翼，依然免不了肉体的日渐疲惫和荒芜。

洪水席卷着杂草，向远方奔去。

春花开过，积雪落在冬天的衣领，念念不忘。一个人走在雪地里，必有回响裹挟着火焰，呼啸出最耀眼的花朵。

像卡尔维诺，我慢慢懂得时间的奥义。

相信缓慢、平和、踏实、冷静、细水流长的力量。

相信攻破一冬的沉默，必有一个滚烫的春天。

跳舞的铁

铁的舞步时而激昂，时而舒缓。

火炉的美轮美奂在鼓点中变幻，迎着光，轻轻滑动；乘着风，抬高身姿。向着远方的一个箭步，正好在打铁人的心中扎根。

一段段乐曲打开。铁的身姿是一片片霞、一朵朵桃。

所有的美，在此刻，获得延伸。

光影里，笑容芬芳，高挑的弧线化作红色的羽毛。

展翅欲飞的落日，从一个人的唇线和黛眉处启程，有了更辽阔的疆域。

音乐的步伐坚韧而柔软，每一个音符都是从内心迸发。高昂，或者激越，沸腾着血液……

青春的光褪去羞涩，一点一点吐露硬骨头的美。

铁是美妙，是战栗，是信仰，是一种仪式。

打铁人的眼睛和耳朵里奔涌而出。

那一刻的怀念

那一刻，高铁进站。月台扑腾扑腾，捂不住的心，有些慌乱。

进入电梯，身体急促上升。

午餐的老疙瘩，一笔一画，在卷面上做出正确判断。收紧的夜色，愈来愈难以控制。穿越的江水，从七千多年前的典籍，就有了烟火和勇气。

心悬在高处，与某种焦虑在镜子里对视。过去的光阴一片虚妄，高跟鞋的清脆消失在巨大的迷宫深处。

江水从江北到江南，所有的颠簸，都是浩瀚。

一江星星听凭于夜色。至于天寒地冻，必定会有艳阳高照。用披星戴月剔除躯壳里的累赘之物。

那一刻就是药物，病灶消失。

这是值得纪念的。

灵魂里的闪电，照耀大地。

所有的美，都沉淀在那一刻。

溯流而上

光斑在地上闪烁，草木努力保持姿态。

青苔的羁绊不过是一则短视频，一闪而过。

快速的高铁运载着灵魂，溯流而上。

夏的深处，你不念昨夜梦里，那落入地狱般的苦痛和煎熬，愿随一条幽径来到辋川，光阴幽暗，照着松林。

山水的国度，幻化作白云。

展开纸墨，画出雄浑的海。

溯流而上，致敬一腔磅礴。再往前，星空悠悠。不惑之年，明白了那些绝句仅属于天生怪才。留下的是智慧，是风流倜傥。

幸好心中的大海，每一滴水都是奔腾的。

一艘船的身子试着自己慢慢平衡。

寒冬之后，春天的坛子隆起，并在另一个人的诗句里活过来。

想象之城

并不弯曲的流水，来自想象之城。

它用大海、道路、树木与明月在人间造句，进而连缀成一首首歌谣，铺设成华章。星盏下，我提着裙摆漫步。

在长亭与短亭之间，有一段小路。

我沿着闪电的脊骨，寻找通往梦境的城堡。

美的叙述，一句接着一句。执着的信念，根须盘根错节。临水的天空是窈窕的。风一暖，层层叠叠的绿涌动起来。

我疼痛的骨头在木桨的旋律里结痂。

石头和鱼群，还有海生植物，垒高今生的信仰。

而你就是那个可可西里的牧羊人，从遥远的地方来到江南，一天一天打造城堡，和我劈柴喂马。

活在人间

东风解冻，不念人间旧句。

散而为雨，洗去尘世铅尘。江水在春潮中载走积雪。

阴霾、荒芜和杂草都不可阻挡，一树树花开，田野生长着喜欢的植物。

城市畅通的消息和橱窗里高眺的目光如出一辙，散发着幸福的气息。

初五日，微雨如酥，莺先解语，水獭腹部柔和，捕鱼而祭。后五日，鸿雁北回，时间之茎延伸。再五日，手掌的纹路继续在祈祷中衍生。

“野蜂蜜闻起来像自由。”

“你曾说过的几句话，白鸽似的盘旋。”默念，把喜欢的诗句抄在宣纸上。

雨水染绿竖琴，菜花悠扬山坡的号角。大地的魔术师为跋涉的精灵塑造出永恒的面孔。

乘风归，遇雨吉。客舍青翠，赠一杯薄酒予你。

愿余生，皆是花期。松塔，陷入梦的柔情；你，陷入爱的怀抱。

黄金时代

把凝固的黑夜敲碎，一地星辰，跳跃。左一瓣，右一瓣。

新陈代谢，听见生命抽叶、拔节。用心浇灌善心，摒弃嫉妒和仇恨。

向上生长。根茎叶是植物的，也是我的。在黎明背诵警句和箴言，在夜晚跟月亮亲切交谈。学礼仪，不断修炼。

一棵树是木，是单数；两棵树是林，是复数；三棵树是森，是我们。

万物有灵。草木，也有自己的教堂。

收到神秘来信，里面有雪瓣的呼吸，有天使的祝福。不管命运是否无常、曲折，努力活着，穿时间的棉麻，吃上帝的面包。抱紧晨钟暮鼓，在纸上写下籍贯和姓名。

一次一次，把履历表填满。

诗人说："岁月提着我们，像水罐提着它微颤的声音。"是的，我们来自遥远之地，走过青铜、白银。

正途经一个黄金时代。

张琳散文诗选

张琳，1989年生，山西原平人。作品散见于《诗刊》《星星》《扬子江诗刊》等刊物；著有诗集《纸蝴蝶》《人间这么美》《万物宁静》；曾获扬子江年度青年诗人奖等奖项。

林中路（6章）

枯荷颂

这枯，是一种令人沉默的美学。

怎么看，淤泥的悖论都深藏不露。

一个人在水边坐久了，会不会成为一朵清荷的妹妹？她有莲心，我有小心。她是苦的，我是慢的。

时代的客船正往火星飞，我却静坐在地球的一隅。我用这慢，纠正着世界的快。我小心翼翼地移动自己的目光，唯恐一不小心，就让水面生出涟漪。

用什么样的笔，才能写出眼前的枯字？

满池荷花写了一生，才写出来。

不语，已说尽心底的话。

我生来就是一个倾听者。听山，听水，听草木，听飞鸟，甚至，去听雪，听雨，再甚至，去听风入松，酒入愁……

只是，听不到，苦说苦，枯说枯。

只是，听不到时间的留言长短如何。

那么，看也是一种听。比如看信。

枯荷就是一封家书，慢慢读。望穿秋水也要读，管中窥豹，也要读。

不，是听。

四下寂静，我似乎已领会枯荷的用意。那连绵的群山，也把耳朵伸了过来。水面上，几块突兀的石头影子，仿佛枯荷的弟弟。

外乡的萤火虫

我停下来，像一棵树，突然对夏日的草地动了恻隐之心。我的身上长满了月光的叶子，又有点像银质的铃铛。

我摇动它们。

外乡的萤火虫来了，这些外乡的微光，照耀着我。

一点，两点，三点……我的心在凿壁借光。身体里，有一颗星球慢慢被照亮，仿佛另一只月亮。它是童年的，也是故乡的。那时候，我好像只有五岁，拉着母亲的手，走在繁星下的公园石桥上。

那时候，流水有爱，低处有光。

我在母亲的手心里摸到了一幅世界地图。

我的五大洲四大洋都在里面。

我的埃及金字塔印度恒河，都在里面。

那时候，我还看不见我的草地我的雪山。

不像现在，我在外省的夜晚，将一只萤火虫看成了嵩山的雪。

从来没想到，孤独，也有断臂的时候。

蓝　调

长江有如此辽阔的美，一百个李白一百个杜甫也赞美不够。

流淌，已经成了一条大江不想更改的命运，从甲骨文流成金文，从小篆流成了隶书。长江之长，楷书、行书无法写尽，狂草难尽其意。

是否可以请过往的白鹭来抒情?

一江春水已经变成了庄子的秋水，还在流淌。

极目望去，每滴水都是光华夺目的真理。

若是孔丘还在，会不会留下这样的“子曰”：这白茫茫的江水，真干净，真富有。

我既已知花谢，即是花开，又何必去分清哪儿是水哪儿是天呢?

不如请江水，做我的肉体。

不如请天空，做我的魂魄。

花间词

让我像一只喜鹊，落在花间吧。

那天长地久的花香，正是如来与迦叶尊者拈花一笑的理由。

把我翅膀上携带的黑白羽毛叫作白天黑夜吧。那样，所有的白天与黑夜就可以飞起来了。真的，万物都应该飞翔。

让我把这些永远开不完的花朵送给路过每一天的人们。

那样，所有的时间，就都开了花。

尤其是宋朝，卖杏花的孩子叫春天，赏菊花的老者叫秋天。春秋其实只是一部书，苏轼读它，读到不知今夕是何年，李清照读它，读到人比黄花瘦。

我会接着读。

读到慈悲如苔花绽放。

读到明月降临，地球这间大客栈像一座花房，读到流星像蝴蝶，落向花间。

活着，有无法形容的美，谁都不可错过。

林中路

沿着这条路一直走下去，会看见明月从林海上升起。

会想起宽袍大袖的古人坐在月光编织的笼子里饮酒、弹琴、思故乡。他们是月亮的俘虏。他们被月亮流放。

那时候，树非树，路非路。

那时候，女人被一条路挤到两边：左边的叫红颜知己，右边的叫红颜祸水。

那时候，我还没有出生，我不属于其中的任何一种。

但沿着这条路一直走下去，就会遇到她们。四海之内皆姐妹，这里是林海，可以四海为家；那里，是人海。

现在，我从人海来到林海。我走在林中路上，已经是秋天，树叶簌簌地落下来，如同久在他乡的时间正在乘风归去。

几声鸟鸣，就足以让人心生波澜。我说的是心海。足够美，足够辽阔。

后现代的老虎，被比喻为女人，它向树林深处信步走去，身上的斑纹犹如酒醉的树枝，随风摇晃着。

没有人想到，第一个将女人比喻为花的诗人，已经埋下了花海的伏笔。

沿着这条路一直走下去，我就回到了那里。

起风了，有红色的野果落下来，在草丛中酿成了酒。酒醉者，除了刘伶、阮籍，还有文君、文姬。

还有我、非我、非非我。

哦，林中七仙。

长啸吧，我有嘉宾。复长啸，我有嘉宾。

仲夏夜叙事曲

我胖了，你说我们的月亮又圆了。我瘦了，你说我们的花又含苞了。

我喜欢这样的花好月圆。生活，永远像一只白鹤，偶尔展开形而上的翅膀；偶尔，会在一杯清水中留下浅浅的身影。

有时候，会有一阵细雨找到我们，听雨打心扉的声音，像听到了此生从未说出的话……

两个人的院子，你修剪花枝，我读阿赫玛托娃《没有英雄的叙事诗》。慢慢地，你出汗了，我，流泪了。

生活的源头，永远是这样的清澈："我饮尽了她的每一滴……"

那时候，正好满院子的光辉，化作一群蝴蝶翩飞。唉，跻身人世，谁又没有蝴蝶的血统？

韩嘉川散文诗选

韩嘉川，1955 年生，山东青岛人。作品散见于《人民文学》《诗刊》《中国作家》《十月》《人民日报》《北京文学》等刊物；著有散文诗、散文、小说集《海角，亮起了渔灯》《饥饿的海》《天井》《热血》等多部。作品被《十年散文诗选》《中国诗歌年鉴》《新中国 50 年诗选》以及《散文诗年度选》等百余种选本选载，并被介绍到国外。曾获中宣部“五个一工程奖”等多种奖项。

海的补丁（5 章）

站　着

站着，就是一幅画。
高原红的脸颊，是与太阳亲近的缘故。
还有头发，被思考的浪花打了结。
挺起的鼻梁，仍然承担着某件重要的事情；
它与眼睛一起，漠然地看着碌碌走过的人群。
夹袄的领子已经油腻，这与吃肉的嘴巴有关。此时
嘴巴紧紧闭成了一个坚毅的词，包括鼻翼两侧的纹理。
双手背在身后，肩头袒露着瘦削，而羊皮外套
在臀部扭足了力气。
马靴，以踏过雪原的姿势雄立，上面的绣饰
早已不是原来的模样，却依然细腻。

思谋，抑或背在身后的决意，散发着浓重的雄性荷尔蒙气味，以及五官组合所透露的似笑非笑的信息。
青稞酒，应与升入云端的歌声在一起；
血液热了，会让奔马腾起四蹄……

赭黑的肌肤并没有将声色毕露，而是按神的旨意

将自己掩起。

海边石屋

船是你施放出去的……

然后你站在礁石上，心情开始激荡。

用海边的石头建一栋房子，让涂有牡蛎壳的墙面，听风暴潮匆匆来去的踪迹在每个角落里的回响；用鹅卵石铺陈台阶，强调海水的硬度；将盘子里吃剩的鱼骨，

做成标本，放到书架上，看腥咸的历史有多长……

被栅栏门打开的早晨充满了欲望；食物一样的蓝，满足每天的生理向往。

门前的木桩，是海鸟栖落的地方；

赤裸的孩子捧起沙滩的柔软；

而浑身是嘴的礁石，用海潮的话语，塑造自己的形象。

那些语言在桌面上，抖落一层细微的盐；而椅子上坐着一种形而上的姿态。

檐头晾晒的日光，被漂白成无色；海水却腌红了夕阳……

海的补丁

黄昏，是一天的补丁，以及前廊亮起来的灯。

老人斜靠在椅背上睡着了，搭在肩上的外衣用过劲的地方都打了补丁。

拖缆，把舵，将渔线抛出有张力的弧度，然后与风速进行较量；

船上的帆是风的补丁。

脚在地板上微微抽动，趾间粘连的沙砾，以海浪的硬度硌痛神经末梢。

鱼腥蔓生的记忆，攀着石墙徐徐到来，以老伙计的姿势择处而坐。

杂物堆里的鱼骨灯，让老海的熠熠之光，穿越每颗水珠的晶莹。

贝壳将张开的倾听磨砺成珠，等待知音的寻觅。

此刻，老人游移的神魂，已驾着梦境出航。

从波纹窥探海底动静，生猛的海鲜为躲避人的口欲，向更深处寻觅多维空间。

碧透的蓝敲叩每一扇玻璃镶嵌的窗，还有四月绽放的阳光。

梦境，给海打了一个完美的补丁……

蓝调，人与鱼

渔猎是古老的行当；秋风起了，是出海的时候了。

沿着祖先魂灵的踪迹，他们走向蓝色族群，像在森林里游刃。

而浪涛的威力更大一些，时而腼腆，像羊群徐徐涌动；

时而低吼狂怒，爆发出巨兽般的原始力量……

海浪所具有的自由，由桅杆摆动的幅度测量；
站在甲板上抽烟，烟头的明灭显示渔人的心境。
而潮涌隆起一道道肌肉，酿制一场智勇的搏斗；
鱼的思维却因势而动，从南到北循着潮流纵横。

秋风起了，给船上供足了淡水和蔬菜，还有老白干；
以鱼的眼光看风起云涌的世界，船在动荡，陆地也在动荡。
吃鱼的人围在岸上的餐桌旁，那时鱼的表情很难看；
浸了海水的风是咸的，记忆一样在空中飘扬……

通往灯塔的堤坝

通往灯塔的堤坝从岬角伸向海面。
海浪穿过黑色的静谧，将窃窃私语传递到枕畔。
各种影子在意识里行走，与暗喻为伴。
那时，城市的灯火淹没了港湾。

通往灯塔的堤坝是陆地伸向海里的手臂。
沿着春季汛息的涌动，潮水渐渐进入高潮；
堤坝有效地阻挡着太平洋滚滚而来的咆哮。
而附着在礁石上的海藻在黑暗里，平静而善良。

通往灯塔的堤坝在茫茫海面上抓住黑暗。
城市滥情的灯火淹没了港湾，船的桅杆

如迪厅里的身躯挤挤挨挨地摇晃；而海岸
即是遥远的起点；而黑暗却延展着遥远的无限。

通往灯塔的堤坝抚摸着海的不同表情。
城市盘踞在礁石上。租屋很小，
小的只有一张狭窄的床。已经足够了，
足够一次次穿过静谧的黑暗，亮起快感。

通往灯塔的堤坝发出无声的唇语。
湿漉漉的黑暗与灿然的呼吸在碰撞；
海藻的气息漫涌着，在堤坝的尽头释放善良。
潮起潮落之后，堤坝勾勒着黑色的界线。

喻子涵散文诗选

喻子涵，本名喻健，1965 年生，土家族，贵州沿河人。著有《孤独的太阳》《汉字意象》《喻子涵的散文诗》等散文诗集和《跨媒介文学写作研究》《新世纪文学群落与诗性前沿》等理论著作共 10 部。1997 年获第五届全国民族文学创作“骏马奖”，2007 年获“中国散文诗九十年·当代优秀散文诗作家”奖，2014 年获第五届“中国·散文诗大奖”和第二届“贵州专业文艺奖”特等奖，2019 年获第三届贵州文学“金贵奖”。

苍茫的回声（5 章）

小满出行

选一个日子出行或许是偶然，偶然出行或许正是一个特别的日子。

人与物也一样，万事万物总有神秘的关联，这就是天意或者诗意。

小满去麦坪，正与麦子有关。

我就喜欢这样的巧合与相遇。

小满是一首诗的题目。二十四个节气就是二十四首诗。

从天上写到地上，从气候写到民俗，从古写到今，囊括天地万物。

几千年的诗意漫延，集中到这一天：

初夏的时光，蓬勃的季节，圆满的开始。

可以有大暑，可以有大寒，但不能有大满。

这是中国人的哲学，可以有亏欠和苦难，却不可以自大自满、太大太满。

颗粒逐渐饱满就叫小满，其实意味着丰收。

而年年都说小满，留一点余地，海阔天宽。

我相信逝去的事物总会回来，像太阳下的地球轮流旋转黑白灰。

像人一样看惯朝阳去看夕阳，看惯西方寻找东方。

今天全世界都在追寻大满，忘记小满。

说不定哪一天，全世界又回到小满，过着诗意和谐的日子。

暗花上的脚印

曾经在泥地上行走，看见过自己的脚印，像一团火。

后来走过金光大道，踩过红地毯，脚印已丢失。

于是想起许多暗花，是花的过去，脚印的转世。

色彩有意避开光线，唤醒另一种色彩。

像动物，比如猫头鹰，豹，还有蛇，在夜间忽隐忽现。

像刚醒的黎明再睡一会儿，下山的黄昏在山坳上再歇一脚。

像水波里暗涌的光，伸出头叹一口气，钻进风中。

时间，它尽力解释一切，完成一种过程。

不紧不慢的态度，偶尔露一露峥嵘，让人知道紧迫。

不可忽略的存在感，有时兴起一场争辩，表明对漠视的反抗。

当然，更多的时候是一位渐老的隐者，静居闹市。

你们看山，我躺在雪山上畅饮蓝天。

你们看海，我看暗花上的脚印，自自然然。

人字山

终于找到人字山，找到女娲造的最后一个人，确实没有站直。

人类一直没有真正站立，便留下许多幻想和隐患。

四肢分列前后。前脚不希望像后脚那样忠厚老实时，或者，后脚不希望像前脚那样有太多幻想时，手就诞生了。

这是人类最早的理想，但是没有想到手的欲望与危险。

当人的前脚变短以后，手就成了世界上最先进的武器。

人应该记得自己的形象：在太阳的影子下，一双手联合一张大嘴张牙舞爪。

祖先幻想过翅膀，于是四肢变成四个轮子飞奔在大地上。

然后飞上天，然后潜入海。但很多时候昼伏夜行。

再后来，左和右，前和后，上和下，人性分成三方六面。

左手依赖右手，右手依赖左手。男人依赖女人的手，女人依赖男人的手。

直到一群人依赖另一群人，最终成为一部依赖史。

人是斜立着的，一直没有真正直立。

人，一面对着太阳，一面遮住自己那不光彩的一面。

人，是可以伸缩的，这是人的得意之处，也是它的悲哀之处。

女娲造人，或许存心分为男人和女人、强者和弱者。

人性没有独立，于是人类一直没有站直。

贺兰山岩画

月光迷蒙，选择这样的夜晚，走近你陌生的面孔。

大概你也一样，选择整个浑茫的背景，穿越时间，然后独自舞蹈。

每一个动作，像闪电一样说明一种语言，像石头一样冷隽而多思。

但我不认为你稚拙而单调，反而欣赏你的纯净与真诚。

你把手伸进岩石深处抓取一枚太阳，而脚踩着月亮，在石壁的阴暗处，神情肃穆，独坐黄昏。

岩石纯朴，你的微笑也纯朴，像我有月光倾泻在湖里一般。

时间忘掉的是它自己，而你，没有被它忘掉。看着我们，你讥笑你自己，而我们讥笑的是我们本身。

一种比号角还充满激情的声音传过山岗，传过你的耳际，把你全身的藓衣纷纷撩起。

每走一步，你都跟着我们。你以不同的表情，告诉我们一些远古的往事。

你想走出岩石，从深奥走向单纯，从浑茫走向明朗，从远古走向现在。

你带领一群少女走向我们，笑声隐匿于岩缝。

而目光在柔和的舞姿里，远远地沉思。

草　海

你是知道的，在这个世界上，并不是所有的草都可以称之为草。

无论漂泊在哪里，心中总有一枚太阳，让梦想在叶尖闪光。

不论处境有多糟糕，举着手臂奔向烈日，一生荣枯，如禅淡定。

在草海，有充满期待的小船在波光里留守，竹篙上的蜻蜓像一面旗帜，生命在世界一隅猎猎飞舞。

你是知道的，并不是所有的草都能幸运地生长在水里。

耳朵伸向天空，最早知道风吹来的方向；双手护住湖水，最早知道海水要留在高原。

躬身安抚孤独的鱼虾和怅然的波纹，细语劝慰那些惊魂未定的倒影。

在草海，日夜仰望，远方群鹤飞来，翅羽带着阳光，所有不好的心情都被点亮。

你是知道的，并不是所有的草都会以千种方式热爱自己，以万种理由相信未来。

一粒露珠的卑微与一面镜子的自信没有两样，一片湖泊的孤独与一方天空的浩瀚没有两样。

唯有时间，挑起是非的两端，让历史为难。

在草海，无论以海为草，还是以草为海，你是知道的，一生枯荣并不在意。

亚楠散文诗选

亚楠，本名王亚楠，祖籍浙江，1961年12月出生于新疆伊犁。作品散见于《人民文学》《诗刊》《中国作家》《青年文学》《星星》等数十家刊物，已出版《远行》《南方北方》《在天边放牧云朵》《辽阔》等14部诗集、散文集。曾获得新疆第三届“天山文艺奖”、第二届《西部》文学诗歌奖、《散文诗》首届散文诗大奖、第三届《星星》年度散文诗奖、第四届《中国作家》郭沫若诗歌奖、第五届《芳草》诗歌双年奖以及《诗潮》首届“诗潮杯”散文诗大赛一等奖等多种奖项。

一片雪花在岩石上呼吸（7 章）

阿尔泰山

其实你并不伟岸，可你却拥有辽阔的安详。当我看见你幽深的静谧，就以为那正是你用虔诚的方式擦亮了万物。就仿佛一潭秋水呀，不动神色，却又在喧嚣的大地上，唤醒人们丢失的记忆。

就这样把孤独留给了自己，把自由留给了花朵。

当狂雪袭来，你平静地挥一挥手，让澄澈之心普照生灵，使那些迷失灵魂的人得救。或者，你敞开胸怀，刹那间，所有的情仇爱恨都化为了乌有。那是因为你早就知道，博大来自悲悯之心，来自一种向美向善的力量……而你，总是在岁月深处，默默地用父亲般的慈爱温暖着我们。

所以呀，我从你清澈的目光里看到了永恒，看到了因静默而燃烧的轰鸣。那是一种何等辽阔的境界啊，你以巨大的爱和不朽，照亮万物，即使一朵花，一蓬秋草，也会在你圣洁的辉光中获得永生。

而我就在静默中仰望，以卑微者之心承续你的雨露与恩泽……

在喀勒盖草原

1

下雪了。这空阔中的宁静，犹如圣洁之花簇拥着他。山谷渐次打开，若虚拟的风景被白色吞没。看啊！这白是梦境，抑或就是太虚幻境所浮现的微光？

万物都回到了它们的休眠。也即是，回到它们的根部，等待另一次重生。所以，我就在这场域里逗留，在无限漫长的时间中把自己归还给土地。

而这期间，我只是悉心守望，缓慢地，如同岩石的呼吸，平静而悠远。或者就在一片雪花的怀抱中停下来吧，仰望天空，把孤独种植成风景。

2

显然，世界正在喧嚣中变得粗糙、麻木。有时，甚至会让人觉得如同百病缠身的老者，盈满了垂暮气息。这是因为，人类朝向文明迈进的同时，也在不断制造阴影。有时乌云密布，天空变得灰暗，仿佛末日就在眼前。但我依然清醒着，只希望人心向善，做一个有尊严、有信仰的人，以此使自己成为自己。

3

关于灵魂，我所知甚少。但我知道，一个有灵魂的人是值得庆幸的。大千世界，有多少人因趋利而丢失了灵魂？生活在大地上，总是患得患失，也被物欲横流的俗世压得喘不过气来。根本不明白为什么活着，总觉得物欲的满足即是幸福。殊不知，内心空虚，思想苍白的人生多么可悲啊！因此，我愿意成为有灵魂的人，更愿意在茫茫天地间，让自己内心明亮，用一颗淳朴之心，顺应万物，平静若水。

野马群

卡拉麦里的野马群正昂着头眺望。而远处，北塔山遥邈的曲线渐渐消逝在黄昏里。我一直朝北边漫游，试图在准格尔巨大的聚宝盆里，找到那把打开神话的金钥匙。

就在这时候，野马群在我的视野里出现了。他们异常警觉，却又从容地打量着我。似乎，我只是一个能移动的怪物。或者就干脆是一棵草吧……从时间深处走来的野马啊，你的脉管里，六百多万年的血性，才能让动与静的逻辑互为支撑。

于是便有了神话。它比语言古老，却又被语言消融在神话中。真是无法想象啊，时间用巨大的张力承载万物，却用瞬间作为筹码，让万物回归泥土。

进入童话

似乎，我与可可托海相互遥望了很久。不，不是我，是两座山在眺望。我穿行其间，像一只雪豹，孤独而悠远。一直朝前走，风沙便不能阻挡，即使是巨大的荒芜也不能。似乎，在时间之外，只有那一棵金黄的树才能够让我慢下来，慢下来，慢成一只只海星星。

多么好啊！这世界豁达，一眼望不穿的秋色，飞鸟，雪峰，浩渺与静穆，都在我的天幕上缓慢流淌。一群牛出现了，在暮色里，浸润着奇异的光。他们又忽然消失在远处，就像我心中颤动的飞鸟。

但我不能麻木不仁。面对秋野，面对这寂静的秋天，我不能。多么热烈呀！这金黄，以及金黄里升起的炊烟，把大地逼入内心。就这么瞩望吧，像一棵树，把最后的爱还给泥土。

望　月

月亮垂挂在那里，圆圆的，有一缕朦胧的光晕。从窗口望出去，似乎，并没有古诗里的意境。要说明亮吧，总不见额尔齐斯河金黄的记忆……在这个夜晚，我只有隔纱望月的感觉。而空蒙中，那镶满清梦的落叶，被寂静绵延，就像隆起的乡愁。

孤独是大地的证词。看不见的，只是心里沉寂的部分，被幽冥托起，有如涟漪。是蓝色歌谣吗？你听，与我遥相呼应的音符，仿佛天籁，铺满了黄金的光泽。却不见夜鸟、行吟诗人和月光漂白的心情。

还可以继续望月呀，可以用爱，用一生情，与乡愁同眠。时光缓慢流淌……那些心中有爱的人，被爱照亮，也终将回到爱中。

火焰山下

那么多烈火燃烧成风景。

天空被火焰照亮，仿佛西天的晚霞，红灿灿，大地一片苍茫。

万千烈焰都化为山的姿势，默默地，吞吐人间悲喜。

此刻，我看见一缕风，折断了鹰的翅膀。

不再想远方的风景，只为碧空净，坐看云卷云舒。

哦，火焰山！

就这么热烈燃烧吧，燃烧成一片火热的激情。

当满腔热血被火焰洗礼，古老悲歌就将演绎成盛世欢颜。

注目于远天，我看见火焰山映红了遥远的天际。

而辽阔大地上，被照亮的生命熠熠生辉。

雪落无声

西域的雪就这么飘落。寂静而辽阔，壮丽而苍茫。

我知道，雪是我们人类的朋友。它给世界带来纯净和明亮。有些时候，雪把最后的柔情交付给天空，却把悲壮留给了自己。

茫茫雪原上，洁白的思绪就这么飘飘洒洒。此刻，这些雪已经降落，并成为大地上壮美的风景。无边无际的辽阔啊，仿佛无尽的乡愁，总是让人刻骨铭心。

就让这莽莽苍苍的雪，越过天际，清洁我们昏暗而又麻木的灵魂。

崔国发散文诗选

崔国发，出生于1964年，安徽望江人。著有《黎明的铜镜》《鲲鹏的逍遥游》《黑马或白蝶》《水底的火焰》《红尘绿影》《中国散文诗学散论》《审美定性与精神镜像》《散文诗创作探微》《诗苑徜徉录》等10余部作品。在《诗刊》《星星》《散文》《青年文学》《扬子江》《诗歌月刊》《诗选刊》《散文诗》等400余种刊物发表作品2000多篇（首），诗学论文230余篇。获《中国校园文学》散文奖、《芳草》诗歌奖、第五届中国散文诗大奖、全国散文诗大赛金奖、全国十佳散文诗人奖、中国散文诗“天马奖”等50余种奖项。

平天湖的黄昏（组章节选）

燃灯者

吮吸——夜的黑。
谁能默默无声地点燃，草丛之中寂寞的繁星？
是一只萤，还是一只扑火的蛾？
于茫茫夜色中，递给我一个炯炯的眼神。

时光飘忽不定。
我唯有沉浸。一道阴影中的微光，迷离地起伏。
火焰中飞舞着朦胧月色，以及那些夜枭
在蓄谋已久的秘密中闪烁阴历深处的流年碎影。

守夜人的梦：青灯伴我，寻找荒野的一盏寂静，
已经好多年了，
我看见，那从灰暗中抽离的明灯，以及幽灵一般的
炫目的光线，
它折射的那一刻，让我学会了如何慰藉一个人寂寥的内心。

湖畔的瘦竹

几竿瘦竹，在湖畔小立。

风生，水起。

竹叶上的露，一滴，一滴，晶莹的色彩，被阳光一饮而尽。

竹叶青青。

青青的竹叶。风轻轻地拂过，一种温情，抑或竹枝词里的一阕清吟。而我听到的是叶笛，临水照心，氤氲着一首诗的空灵。

学习竹子的虚心。

独坐幽篁，像竹子一样，挺起腰杆做人。

我最看好的是竹笋。

在春天，它们一个个破土而出，

瘦硬的根上，传承着一种坚韧。

平天湖的黄昏

黄昏仿佛在倾听，山水的清灵之音。

六根清净。

湖水中倒映着一片山的连绵。

香的花，绿的树，

风在寻找它的影子：在清凌凌的波光中，一尾游鱼，咬碎了落日细密的鳞片。

天空，呈现出一抹彤红的酡颜。

漫步白沙堤，听暮云与湖水聊天，或者独坐莲花台，看烟霞与晚霭修炼。

亲近水，便懂得水。

我掬起其中的一滴，徜徉于贵池方志里的碧山与半岛之间，以古朴的水，神秘的水，洁净的水，

洗心，革面……

手执一匹落照的彩练，于千顷秋波中，与你共饮这迷人的秀色。

我与平天湖有缘。有孤鸟伴我，它从齐山飞来，一种绰约的风姿，于淡淡的薄雾中若隐若现。

秋　月

秋月洒落一地的银霜。

我看见，一蓬枯萎而消瘦的草，在冷露的苍凉里，亮了一下。

白驹过隙。芦叶和荻花，抱着一团凛冽的西风

说话，宛如阴历中晶亮的虫吟。

星眸将光华带上天空，于幽暗的夜色中，默默地观照清贫的土地，母亲的白发，

以及荒原上姗姗来迟的慵倦的野花。

灵魂，被清泉一再地洗濯。
而秋叶每况愈下，它在越来越光滑的秃枝上做着减法。

流　水

潺潺的水声，
荡开一圈圈涟漪；自在的游鱼，在细碎的浪花中，川流不息。

风生水起，带走落花和枯叶。
透入骨髓的梦，一下子变得明澈而超逸。
云走鸟飞，
清晰的倒影里，波荡着时间中的诺言、虚静与禅意。

诸神渴了。
灵魂的施洗，于长流的细水中，滤尽了尘埃与浊泥。
洗尽铅华的河道，木船在它的浪迹中，
渐次接近于默然的空寂。

渡人或渡己。
欸乃出一阕水调歌头，摇橹的人，点破了一身的尘念，
他似乎已听到了莲花的呼吸。

晚　钟

伴着夕照，钟声于山谷的寂静里，垂落
一种警世的恒言。

它滑过暮鸦的翅膀，在旧梦的边缘，
敲响古朴的铭句。我喟然长叹于故垒西边：
“人间的烟火，已离我很远!”

置身于灵魂的宫殿，谁的耳边，响彻着晚祷的钟声?
虚空中那一口青铜的孤悬，与孤独为伍。

撞钟人超度
凛冽的风，把天灾与人祸一一推开。
山上空空如也，
我只看了他一眼，忽忽已是暮年。一切都静了下来，而我已倦，
只想在夕晖里钩沉，沧桑而幽远……

郭毅散文诗选

郭毅，1968年生，四川省仪陇县人。作品2000余篇（首），散见于《诗刊》《解放军文艺》《十月》《星星》《诗歌月刊》《散文诗》等百余家刊物。著有诗集、散文诗集《行军的月亮》《银河系》《苍茫鹰姿》《一个人的清晨或午后》等12部。作品收入40余种重要选本，获过各类文学奖40余次。

向着理想前行（节选）

1

以一身奇异色彩醒目于世的你，独喜万物营造的精神与情感，你在其中历练自己。

我数次驾车前往你的“圣地”，从尾箱里取出精致的简易桌椅，安放在临河明媚又松软的草甸上。我这双惯看秋月春风的眼睛，以罕见的明亮和信赖，沿着烈酒、烟草、食物、兽肉、光阴和朗照……回到你远古帐篷的门帘前，听刀剑、弓箭、火药、猎枪……密密颤音在他们醉后的惬意恬静中宽慰着众多的英雄与倒影。

一路刷新的事物栽满名字的骨血，挽手驰来的清新与舒适，在爽心悦目中调整着步幅，以整齐的晶莹步伐踏在山河之间，又因你灿烂的心灵，带着奉献的力量向前，继续穿越在浓绿的盛举中。

你不甘狭隘的迷人品质，从胆识起飞；被道义一次次拓展的睿智与勇气，在万象奋力向上的天象中，摇曳着身姿与蓝天体面对接。你被敬仰的人尊崇为普照的光芒，已把誓词与行动扩大为你传颂已久的丛林法则。

那些与你一起起誓的人，一起结盟的人，一起织旗的人，一起长征的人，一起舔血的人，一起失败的人，一起胜利的人，征伐后又无私地让给了你。

他们用钢骨铁血笑迎一天接一天的好日子，在信仰的麾下奔上突下，他们列阵于万丛的信念，以笔挺的身板坚持着，驻守着，洋溢着，至今不走样不失色。即便你和他们一路甩掉了战场与枪械，我也把它们奉为经典，珍藏在思想的博物馆。

面对永恒奇异的色彩，你宁愿为此献身，与在刀尖上摸爬滚打的人一起把身段放长，也不肯与阴鸷的人一同穿越时空的界限。你把他们从各个方位渡回来，于是风物上方许多美好和传说，在你盈盈笑口中又艺术地演变为理想的剧目。

你心脏跳动的圣殿，与之演绎而来的神秘，炫光于高山峡谷，又以螺旋的方式跟随长路短途，在继来的光芒前头挺起了迎接光芒的腰身。

而我得到的最新信息，是你在风中甜蜜的腾跃，于是我在另一部同款手机里搜寻到他们，并庄重地向你宣誓，暗暗地对你下定决心。

2

记得那个酷热的下午，当太阳轻描淡写地从西边山巅缓降到人世的内心，你那红透的花瓣放松警惕，摇曳而来的霞辉，漫不经心地现身，是爱到癫狂，让我满眼松懈，起了飘逸之意。

一场与欢喜相关的大风正在吃花瓣的颜色。色彩耿直的你又以白皙的掌心，显出少有的温热和忠诚，恬静地把气息送入我的鼻孔。

围坐你周边的亲人，用一次次典雅高贵的举止，踏来的步步莲花，一瓣一瓣衬出你素洁的著名身份。

这遍野极具时代个性的葱茏呵，透迤着你等量的身躯，又在笑谈中体态悠然地梳理着各自的品格。

你牵着我的手，回到你的蜗居。小小的房间，小小的你，小小的爱，因你带回远古星辰，引着蜂蝶簇拥着我，在步入圆形门扉之时内心已有了莲花颤笑之格。

坐在你茶几边沙发上的那刻，我仿佛坐在喜马拉雅山大厅迷人的餐桌旁，一边舔舐着欲望的涎水，一边品尝着你精心烹制出的美味佳肴。

那一刻，光辉透视着颅腔陡升的饱满热血，潮流一般让我明白此生有你，一切再也不会熄灭。

你说：这阴阳融合的天灯呵，刻着不同性别的姓名。我却把它看成是太阳和月亮，变幻着人间的生死和美丑。

对不能被世道横扫的心来说，要攀上这阴阳融合的天灯，如果有缘无果，有始无终，在途中束手无策，相互战栗，这难度竟同登天一样，依然不能掌控。

你在乎的一双眼睛，与我同样在乎的一双眼睛，看见的同样的时光，酷似他们同样在乎的一双眼睛，在谦卑荡漾的天地间，为夏季热流安排着一场场婚礼，爽透的你我取得的“恭喜”声，也因之在爱的路上得意洋洋。

3

是什么让我对你信心百倍？因为我终于找到了爱情的真谛！

当你柔软的发辫在梦的大街和城市切分到闪耀与缠绵，我从霓虹灯长久的视角中，对后来的生命赋予了新的形式和力量。

在这亘古流水波涌向前的情绪中，我感到古已有之的坚守和流淌，在胸中砌实的那股冲劲，又恰逢你上扬、盛开，在救赎的途中分清了我的是与非、对与错、真与假以及高与矮。

混沌中我看见你微信闪现的诸多形象，终于让我面向每个特殊的身份，确定了心心相印具体的标准。

你一定是认真思考过的，不然你不会当着众人的面，把我和这么多翅膀牵到一起。

你受用的表情撼动着光，又将夜的清幽与萧瑟掖得自然亲切。

我如你身上活生生的宝石挂件，随你在各种场合，闻着世上罕有的体香。那刺鼻的无法舍却的冀望，从身上萌发而起的热烈精神，充盈着你无可阻挡的魅力，又蹙开了我的荒芜与苍白。

这种于悦乐而言复杂得没有结果的情愫，尽管纯洁、干净，也很高贵、忠贞，但在道义的国度，于世间不能开在一起的阴花阳菊，实在太有诱惑力了。

希望这夜再多一节光明吧，我好看着你回头望着我和我们，生怕错过了你那双在复杂环境中游刃有余的手，坚持伸向天空，向着轮转的日月再三致敬。

你脸上的泪水和我脸上的泪水一样，既占领了天空，又润泽了大地。

7

顺着你送来的和风，太阳花绽开的呼叫，抖索的垭口嬗变为科技时代的风花雪月。

这里，乡路宽敞，自由盛行，各种自然思想顶举着向上的光，一天天反射回来的物质，赢得未知领域的诸多猜想。

从地上送往天上的航空器，以你收集的信息宣告着国家实力，再次证明美轮美奂原来除了飞奔，再无其他可寻。

一朵朵随影走红的炙焰，在你积极的声音里，先是匀速稳健地攀登，继而是跨时空的上溯、腾跃。

我果真像预期测算的那样，在银河系任何一颗星球上对接上信号，为你的输出储备了所有的辽阔与远方；又在浩瀚的海洋深沟探测到矿物质，为你的到来铺垫了所有的高矮和深浅。

这真真切切来自科幻的时代，透射着万物清晰的质感，甚至巍峨高山、广阔草原、奔腾江河……跨越的深渊，藏身的洞窟，都有你神秘的滑行。

我深知，在当今世界什么也瞒不住，包括你我的隐私，生猛中得以延续的激情或热流，或如旋风般的裹力，来来去去中演习的战车与理性的恢复，都愿意向你献香！

那集体起誓的诺言，有着美好的宗旨和通途，又在远方发展，将新局面整理得如此优美如此充盈如此完善。

8

阳光雨提着刀剑插进了庭院，在下午的狂热中面目绯红的你，挪开云彩，又将一块天神的彩布披在蓝空之上。

这内敛的，足可安放誓言的娇媚领空，试着用你浑身美丽的血珠来装扮我。

我深知同样的一场大雨，来自不同的方向。它们描述你流动的青春和色彩，把大地弯曲的轮廓润得一层比一层亮堂、鲜艳。

让我上升的，不容置疑的空间，因你隆重的出场，更加亲近幽灵。

让我下降的，根植于你周围的卫士，因你用善良聚起的篷帐，而增添了再续芬芳的路径。

你从哪里来，我就到哪里去。我相信：这骤然插进来的刀剑，只是提醒我，除了你，其他都是例外。

我已好久不曾给你一个确定的消息，这会儿因这阳光提来的刀剑在此来回地转圈，我才自然地向你说明了此次有准备的行动为什么久长，而周围的翠绿始得言辞清脆。

那么，就让我随你修完这一生，继续提着这刀剑驭得一方天空，使其豁然开朗。

我也不枉今世这一遭，与你相识相知，陪衬得这么相宜吧。

王猛仁散文诗选

王猛仁，1959年生，河南省扶沟县人。作品散见于《人民文学》《诗刊》《星星》等刊物。著有《养拙堂文存》（九卷）、《平原书》《平原歌者》《平原善辞》（汉英对照）等多部。曾获《诗歌月刊》全国第二届“新神采杯”爱情诗大奖赛特别金奖、《莽原》年度文学奖、《诗歌月刊》年度诗歌奖（散文诗）、中国散文诗天马奖、第十八届黎巴嫩国际文学奖等多种奖项。

复活的黎明（6 章）

复活的黎明

潜伏在大海视野里的褐色眼睛，在我唯一的桅杆上静听。

所有被爱情酿造的嘹亮歌声，不由自主地站在河川与湖泊的交叉地带，召唤前世未曾遇见的光明。

那些滚滚流淌的平凡之吻，总是立于滔天巨浪的边沿，坚定，沉着，从容不迫。

那游荡的雾雨，那悠远的暮色，那远航的蝴蝶，正越过彩石与沙砾，拯救昏冥黑夜里闪现的黎明。

莫非你瞥见了阴郁云层下的那只孤雁，在天边暗紫的残霞暮霭里飞行？

寂寞与痛苦陈列在岩石上，喷火的烈阳会晒黑白马飞驰的群山。

我已听惯了闪闪发光的雷鸣。

小岛膨胀了。

只有渔夫的小屋，雪白，明亮，像海鸟振动的双翼，扑打着残破的窗棂。

我看到大片大片的雪浪漫过堤岸，漫过栀子花盛开的春天，倾泻无韵的抒情诗行。

直到最远的距离充满心灵，直到汹涌澎湃的激情布满我的周身。

旋　律

我站在正午的阳光下，等待与你相遇。

我愿用将被吞噬了一半的生命驻守，将其嵌进最后一章的短句里，透过残垣的裂缝，窥视你玫瑰般的美丽。

我们是同一朵荷花上绽开的两瓣红蕖，低垂着曾经高傲的头颅，温柔地漾起生命的本源。

大地已经湿透。

一连串的疑问，日复一日地轮番表演。

是无望于一闪即逝的田野？

还是奋翼在风声乍起的荒原？

一组发烫的形容词，坦荡于字里行间，似一只刻下我名字的彩陶，于折痕处抛开已逝的纪念。

总有被粉饰了的万象物候，东来西往辗转不已，守望着一粒种子从唇纹间醒来。

它无数次被回忆的车轮碾作尘泥，继而在一杯酱香酒里找到某种哲理。

远游归来。

遍布脸上的吻痕，梳理着她水质般的芳心。

那些潜伏的林壑山堑，正猎奇般降下伟岸的身姿，在梦魇的画笔里，相互凝视。

我注定是一名骑手，在冰与火的旋律里，看山重水复，看一个人的杰作，被供奉于金碧的殿堂。

俯　首

走进幽深的无名巷口，满腹鲜嫩的心事在古老的红豆杉上汩汩流淌。

眼前半坡的梨花，含着微笑，在视线的触点长成一排密集的鼓点，向天空飞去。

随手摘来的清风流云，缓慢变成一生的某个时段，在低处，小心翼翼地望着来风。

我仿若看见一支蓝色的歌，或摄入她的风景，或站立成夕阳的颜色，在生活的河流中回荡。

俯首，已不忍面对。

踩着时光静走的声音，挽着向上攀爬的欲望，我的身影开始渐渐缩短。

穿透黑夜的回忆，不再是不经意间冷凝的目光。

我和我的星屿，多像蜷缩多年的半截月光，那么白，那么薄，显然比烙在襁褓上的文字更为遥远。

蛰　伏

从诗里到诗外，我紧紧地把眷恋的情愫定格在泪水溅湿的村路上，再次体味蹒跚的足底，回旋着动荡的音符。

那倾斜的枝条，可是你纤纤的小手？那蛰伏的欲念，可是你盈盈的情怀？

如今，在微醺的懒散与孤独中，在大地原野的边沿，你明月似的回眸，缄默般的歌吟，时时触及我清冷的面容和日渐憔悴的内心。

我已把一朵观望的流云，延伸至那块神秘的花地，祈求在一张洁白的彩笺上，写满你的话语。

让暗夜里的唧唧妙音，一些遭遇，甚至一首深秋的赞歌，在瑰异的日影里，感受这无限的葱郁与生机。

瞻　望

从一捧尘土的身体里溢出，有如荒凉困乏的田野，骤然之间，凝成神妙的词句，把内心的痛苦一一披露。

有时，她像我们的思想，以苍白的谶语，踯躅在忧郁的天穹下，尽管无声，却时有雪花飞舞。

倘有一天，我们的目光无法摄取美丽的童话，不如踏着欢快的节奏远足。

我隐约记得，一张憔悴的面孔，透过点点星星，总想让自己潇洒几分，尽管鸽哨不怎么嘹亮。

一首古老的民歌，长时间占据我浓云密布的心头，向着枯黄而光秃的林木抒情。

我开始奔波、瞻望，从容不迫地藏起泪水，用繁密的音节浇铸。

就这样，当疾飞的候鸟消失在黑夜里，它的光芒依旧从高空落下，将我团团围困。

午后，我瞥见了洁白无瑕的荣光。

一念之间

一条悠长的心巷，总有秋的叶片悄然逼近，遮掩着没有修饰的灯盏。

夜色，加重了夜的深沉；灵魂，如迟到的雨，叩击着沉默的土地。

一个男人的胸音，覆盖了漫天盖地的光芒。

残留于记忆中的微粒，只是你我揉碎的不眠的长短句。

一旦古老的灵歌漫扬开去，我便将种植在心田里的花树细柔地捡起，企盼秋去春归时，它再次繁华。

时光的刀刃划伤了沉睡的云霓，也吹萎了苦苦流浪的诺言。

唯一没有归程的等待，无视夜的残缺，真真切切地向蓝色的小河展示着机智与成熟。

山楂树是一粒明珠，阵雨过后，雪片似的银杏叶落满四壁。

我们不如在季节宣泻的波浪里发出一声劲啸，把那些被阳光照耀、被蓝天粉饰的诗句，抒写得更加壮美。

浓黄的情绪告诉我，流失的岁月正涂改着大地的本色。

一颗不眠的星斗，是我今生难得一见的光明。

重生或自灭，都会在一念之间倏然闪现。

记忆的长河，怎能填平空虚燃烧的火焰？

栾承舟散文诗选

栾承舟，1963年10月出生，山东即墨人。作品散见于《人民日报》《诗刊》《星星》《散文诗》《延河》《北京文学》《作品》等全国600余家刊物，入选《感动中学生的100个青春故事》《中国散文诗100年大系》《中国散文诗百年经典》及各种选本，曾获中国当代优秀散文诗作品集奖、第七届中国散文诗大奖。出版散文集《为自己歌唱》、散文诗集《跨越》《结合部》等8部。

过台儿庄，去微山湖（5章）

暮雨中，我立在台儿庄古城门前

今夜的台儿庄，有点凉。

长着翅膀的痛和记忆，在时光一角，仿佛下雨。

没有月色，也不见柳丝；唯风吹着，那些曾经流淌的时光；唯雪唱着，那些血写的壮烈。

灯，一直红着。

穿越时光的那些枪声，那些场景，那些鲜活的记忆。他们有许多的话，要说给我们听。

许多往事，许多历史人物，从每个街角走出来，他们吟哦着《满江红》，前赴后继，风萧萧壮怀激烈。

门和城砖，在我们面前，一言不发。

让我在这里再站一会儿，再看看头顶的天空，厚厚的城墙，还有那一段

周身流血的岁月……

今夜，一粒粒的雨，就这样凉凉地下着，下着，使美丽的台儿庄，有了一场和平而美好的

洗礼……

台儿庄天后宫

五月来了，在春风中，开出花蕾。

天后宫，一副典型的民间风范，与人间烟火相距咫尺，相邻为伴。

古城里杂花生树，鸟雀啾啾，一年中最美好的时节正在盛开。

一切树，一切花草，一切场景，都朝气蓬勃。

没有任何邪恶，会在这时萌发新枝。

再看一眼这精美木雕、彩绘皴染吧，我们在仰望天空时，看到了许多莲花盛开。

五月，这个城市，已在雕梁画栋的壮美中，萌发一派

新的气象……

台儿庄运河湿地

六月，荷花开了。

仰首，风中看天，一种温吞的蓝，正在壮大。

运河湿地，十里长廊啊，所有的荷与柳，都让眼前的这个盛夏，存了不少遐想。

夏持续深入。接着，工蜂飞来，开始采它甜甜的蜜了。

浪花，云朵，都蔚蓝着自己的天空。

这样的水，这样的日月和云，都嫩嫩的，迎着风和美好着光阴。

树和身后的那些沙洲，河道上的传说与水，它们突然间发现，天宽地广。

之后，云落下来，让所有的心，开出莲花。

风轻，云销，雨霁。月，亮似银器。

荷，美美的荷，你们竞相绽放之后，请给我们一个高品质的提醒吧，怎么让小小的鸟飞上高远的天……

荷花精品园

春天尚绿，荷花一片青碧。

鸟在风中，它站着，脚下，沧浪之水清兮，天瞬间热了。

万物生长。细雨中，春光沿着湖畔，大肆扩张。

荷花，荷花，她的灵性和美，矜持和热烈，适时开了。

每一片叶子都有故事，婴宁或者红玉，隐身荷丛、碧波之中。

微不可察的，是红五月，说来就来了。风吹着蓓蕾，光照着夜，乡思寂然而生。

荷花是可以吃的，鲤鱼是四个鼻孔的，鹭鸟有翅，却是像人一样，会潜水的。

我的心中最美好的一只鸟，在荷花间穿梭着，清清爽爽很自由。

那场景，

神清气爽，风清月朗……

微山湖湿地公园

曾经人烟稠密的繁华之地，在千万年后，渐成湖泊。

大水浩渺，各色仙禽异鸟，斜飞或者横掠，翼翅上春风浩荡。

柳丝依依，歌舞升平。

每一座岛都清风簌簌，悄无人语。

在各色乔木、灌木中，异鸟屏着气，引颈振翅，充满幻思。

走近微山岛，风就一直响着。这个春天，将一直向前延伸，一直到天尽头。

岸上是春，进入水域，就是夏了。

各种鸟，由远而近，它们迅捷、矫健，美丽的翅羽上，亮着执着与刚强的光彩。

伸出手，我们就能捧起绿绿的阳光了。

身侧是莲，心中是水。微山湖上，所有笑声歌声，都是水灵灵香喷喷的。

拜谒伏羲陵

湖风吹着这神圣之地，花草繁盛，林木森森。

一步步走近，前边就是这个世界上最干净、最神圣的所在了。

伏羲，我们的先祖、远祖，我仿佛看见，您在另一世界慈祥的眼神。

远处，柳树和岸边老屋缄默着。

风起劲吹着，在歌声、笑声的进行曲中，一种来自民众的力量，正在萌生，并不断壮大。

这丘，这陵，这水，有些凉，也有些温暖。

在诗中怀念，也在心中吟哦。

柳的梦中婉转的低吟，就是我们献给老祖伏羲的歌。

晓弦散文诗选

晓弦，原名俞华良，浙江绍兴人，“70后”；作品散见于《诗刊》《星星》《十月》《上海文学》等数十家刊物。著有散文诗集《初夏的感觉》《一窗阳光》《仁庄纪事》等多部。曾获第四届十佳当代诗人奖、第十一届散文诗“天马奖”等奖项，50多次入选各种诗歌年度选本。

运河、横笛及其他（5 章）

豆荚的横笛

她是豆荚的横笛里，那一个最早被阳光吹响的不安分的音符。

“砰”，一颗滚圆滚圆的豆粒，在午后的阳光下，音符般向着自己的未来射出一个好看的弧度。

然而，这第一个豆荚发声，是极其唐突和艰难的。连最善于吟唱的、唧唧复唧唧的纺织娘，也喑哑了它们的吟唱。

不错，这“砰”的一声，粗糙而硬朗，仓促而突然，有点像走了火而射向天际的枪膛发出的声音。

或许，她长在豆棵显山露水的上端，又在主干上；或许，她过早享受了水分、花粉和阳光，便率先朝世人倾吐自己的情怀。

她确实是酝酿了整整一个春天，蛰伏了整整一个夏天，提前被太阳唤醒并开口说话的那个孩子。

她是无意中，或者说是不自觉中，率先失宠的那一个孩子！

当然，除了臣服于大自然的冥示，她无意于谁的恩宠。

一叶经典的书签

认识你，是在一部史书的注解里，我的嘉兴同乡，你 23 岁的年轻与果敢，闪过望志路一座古典的石库门，点亮南湖水面上那艘画舫，成为一帧太阳般隽永的风景。

望风，胜似在故乡乌镇观前街散步。当汽艇的轰鸣，迅疾地逼近画舫，你不紧不慢的咳嗽，像青鸟之啼鸣，唤醒画舫内貌似打成残局的麻将，以及映现于白瓷茶杯那浓淡相宜的面影。

我想象莲花般灵秀的你，手执绿绸伞，摇曳在 1921 年灼热的阳光里，想象你以船娘般俊俏的打扮点亮火红的七月，你时而进得舱来递茶送毛巾，时而抱紧那支会吟唱歌谣的琵琶橹，时而将纤纤素手握成拳头。

松开刹那，一颗黄金太阳，出浴在南湖辽阔的水域，这使烟雨楼霎时美丽起来，成了一部史书的封面；而你是她不可或缺的枫叶般经典的书签。

叠彩洞之恋

把一斗水中的每一缕光亮叠起来，把万善寺里的每一阵钟声叠起来，把千年大山的无尽惆怅叠起来，把力拔山兮的冲天干劲叠起来。

甚至，把一道道亮剑似的闪电和一个个炸开的雷霆，叠起来……

我看见汉子郭麦旺，青龙峡呼啸着奔来，他属龙更是舞龙高手，他挥舞长凿的舞龙棍舞龙。他舞的时候，身后跟着一条行云布雨的青龙；他舞的时候，身后跟着一条消灾降福的福龙；他舞的时候，自个变作一条身披祥瑞之气的神龙。

他喊醒眠龙潭的青龙跟他一起舞蹈；他喊醒醒龙潭的白龙跟他一起舞蹈；他喊醒子龙潭的黄龙跟他一起舞蹈；他喊醒游龙潭的赤龙跟他一起舞蹈。

连少年王维也来为他举旗呐喊，连竹林七贤也摇着削瘦的身子做龙尾……

他们舞的时候，延绵的大山也在舞。白云为他们激情飞渡，山崖与他们推心置腹，美妙神奇的叠彩洞，用一泉一溪一潭问路，用金龙银龙祥龙福龙叠彩。

而此刻，阳光以鸟鸣叠彩，峡谷以飞瀑叠彩，我看见一条条神龙在叠彩洞里悠游，而每朵太行花，都是叠彩洞的出口。

蓦然发现，郭麦旺那句“宁可干死、累死，绝不困死”，早已羽化成无数条吞云驾雾的真龙了。

大云镇的爱情

云来，云走。云驻，云游。那是齐天大圣在大云镇的爱情里遣词造句……

想拦，都拦不住。想躲，都难躲开。

本来，我也能生出三头六臂，也能调动血缘相近的象形文字，也能制造出一些影影绰绰的感情之云朵来。但后来，我屈从于一朵云的美艳，心甘情愿地成了她的俘虏。

我从云管家那里，漫游到七彩斑斓的云超市，我在云网络里，聆听娓娓道来的云访谈。

是的，我遇见一个不止会七十二变的美猴王，看他变出积雨云，看他变出五光十色的水帘洞，看他左右腾挪、纵横捭阖，看他从身上拔出一撮毛，用嘴一吹，竟然变幻出一个波谲云诡的大千世界——云汐谷、云创谷、云庐谷、云海谷、云田谷、云硅谷、云雨谷、双云谷……

我看见行云流水，我看见闲云野鹤；我看见龙虎风云，一派云蒸霞蔚的美景。

不用说，美猴王已不满足于人间天堂的鸟语花香，他不停地腾云驾雾，筋斗越翻越漂亮，神态越来越精神。

他拨云见日，在万道金光里，挠太阳和我们的痒痒。

一会儿弄出个甜蜜的云瑞花事，一会儿又弄出个时尚的云影美墅。

我蓦地明白，这就是齐天大圣之至爱了，他让一个古老的小镇，在春天里穿上了桃花梨花般的霓裳羽衣。

运河左岸

水有其所，波有其根，穿过幽径，运河肯定有自己的后花园，有疑似银河落九天的神泉。

他喜欢投壶、品酒、填词，把月亮认作洋河里的美狐。

“绿，是最深的迷宫”，他喜欢俳句中芦花样的意境。当我说到虞姬，便有一束蓝光从运河水面飞起，去接引苹果园那只迷途的鹧鸪。

因为这束光的照耀，河滩打盹的鹌鹑、白鹭和野鹅，不约而同地觅到梦的碎片，连睡莲也忍不住泄露前世的风信。

一千年前，一万年前，被岁月渐次抬高的河滩，长出成片野高粱和野山楂，长出京砖与酒坊，而游鱼得味变龙，飞鸟闻香成凤，像项羽回楚。

面对一座空山

我记得，就在胥山北侧的山麓，我们曾经讨论过海拔。

那句话卡在槭树的鹊巢上，偶然想起时，我的胡子已经开始花白。

你我之间，有一个巨大的半径，无法丈量，或者衡量。你说逝去的岁月，就如眼前下凹到水泽里的一座空山，我们找不到任何可以举步的路径。

是的，这个被当代愚公采石挖走的山峦，已经成为嘉禾平原上一只硕大的锈迹斑斑的怀表。

就像眼前这些踏访者，此刻看见的只是一池漂满天空云彩幻影的铜绿，因为我们原本就不在同一个表盘。

郭辉散文诗选

郭辉，1955年生，湖南益阳人。作品散见于《诗刊》《人民文学》《星星》《十月》《散文诗》等数十家刊物；作品入选《新中国60年文学大系·散文诗精选》《中国散文诗90年》《中国散文诗一百年大系》《21世纪散文诗排行榜》《中国年度诗选》《中国年度散文诗选》等选本。著有诗集《美人窝风情》《永远的乡土》《错过一生的好时光》《九味泥土》等。曾获加拿大第三届国际大雅风文学奖诗歌奖，《海外文摘》双年度文学奖。

大溶洞（5章）

活火山

石头是有血液的！黑暗也是有血液的！

万年等一回。

岩浆奔突，火焰喷吐，掀开地壳，就像掀开一片蝉衣。

看哪——

一大群一大群烈性的枣红马，血脉偾张，血鬃飞舞，狂奔而出。仿佛是闯进了地宫深处，无数闭门不出的紫衣女子，裙服翻飞；又仿佛是一同敞开了燃烧的胸脏，火光四射。

血红，是人间正色。

地球深处的思想之核，活力之源，冲决了桎梏与樊篱，令多少人权杖失重、皇冠落地！

它裸露于苍天厚土之间。

最大限度地敞开自己，轰轰烈烈地再生，让死亡不寒而栗。

千峰托底，万壑为盘，捧出一朵硕大的热血之花，一份无比高贵而又悲壮的祭品——献给整个世界！

熄灭是注定的。

但此刻呀，它正激情勃发，气焰万丈，摧枯拉朽，势在必得。

转眼间，就从一道山脊，跃上了另一道山脊；就从一个界域，闯入了另一个界域……

大道不孤，慷慨奔赴。

活着，是不是末日竞技场？死去，是不是寻觅了一生的——

大结局？

大溶洞

无边无际的混沌，混沌……

无边无际的黑暗，黑暗……

一根钟乳石自下而上，一根钟乳石自上而下，遥遥相望，两两相对，无比顽强地生长着。两颗心灵，仿佛有着自古而然的默契。

漫漫洪荒，茫茫宇宙，无穷的大，无尽的小，无端的静。

梦想一旦拔节，便义无反顾。

向上啊，向下啊——这宿命之箭，这神赐之矢。

向上啊，向下啊——这心的吸引，这爱之力。

向上啊，向下啊——这亘古旷世的呼唤，这将躯体凝为一身的渴望。

眼睛寻找着眼睛，前世的光芒与幻象，洞若观火。嗅觉感知着嗅觉，捕捉亲切的体香，捕捉销魂的气息。血缘向往着血缘，石头中的脉搏，更为敏感而柔和。

光阴一寸一寸地过去了……

上千年上万年十万年百万年过去了……

五百万年的风过去了雨过去了，五百万年的黑过去了暗过去了……

邈邈天光，开启了！

两根钟乳石，终于——吻在了一起。

天和地，吻在了一起；日月阴阳，吻在了一起；多么坚强而圣洁的心，吻在了一起。世间的大爱至爱，融为了一体。

以天神的名义，以地神的名义，以爱神的名义——

爱就爱它个无量，爱就爱它个无疆，爱就爱它个地老天荒，爱就爱它个生死两忘物我两忘。

大溶洞内，一柱最伟大的惊叹——为生命写真！

小瀑布

水族里，这生养在深山的小瀑布，一直认着自己的命。

——命悬一线。

山中大片大片的时光，化为水滴，溶入其间，漱石枕流，无始无终。它有定力，从不仰天长太息。它闹中取静，顺势而为，延续着自古而然的小奇观。

自上而下，一条悬空的声带，用本地的方言俚语，讲了又讲，说了又说，阐述的都是些——只有人间草木，才品得出其中况味的民间哲理。

世事如浮云。

临水洗耳——
听是一种快感，不听也是一种快感。

脚步是细密的，有古典美。但在风雨来袭的夜晚，就会暴走起来，暴跳起来，暴啸起来。

宣泄出隐忍多年的爱欲与冲动，吓得那些湿漉漉的石头一头雾水，不知所以。

若有谁问起姓名，就会垂下了眉眼，自谦道：

——贱姓罗，名溪。

白花花的水飞着，白生生的雾气浮着，多像佳人隐隐、仙袂飘飘。

这小女子呀，生生世世，都——
命若琴弦。

在悬崖之上，在自行选择的无路之路上，以又有水性又有野性的如歌行板，弹拨着一挂水龙吟。

从没有休止符……

仰　望

许多事物，都是从空中走过来的。
而你静如处女。

我们常常在暗夜，在星子沉落的时刻，看到你将许多想象与祝辞，从九霄之上，撒入我们的心灵。

你用阳光照耀我们，用雨水滋润我们，还用六角形的雪花装饰大地。

你使我们拥有父亲和母亲，并且哺育儿女。

在这片辽阔的乐土，以便在每一朵浓绿的树荫下，在闪耀着小露珠的花瓣与草尖上，多少生命因为你，而发出了由衷的咏叹！

天神啊——

我们发自内心的感恩，能否成为金色或银色的羽毛，在每一个日子里扶摇直上，徐徐抵达你的庭院。

你让我们为生活而思想，为生命而歌唱。

天行有常。

你的巨大而无形的翅膀，终将成为我们毕生的依附。

我们一直在路上——

大道无极，灵魂如飞！

慈母竹

即使在冬日，它也有着非同寻常的好心情。

而借用身体最黑暗的部分，受孕，怀胎，以大地为卵巢

——布局爱意，生儿育女。

骨子里头，像是早就安装好了秘密的弹跳器。

它一遍又一遍地按下去，蹦起来，按下去，蹦起来……

让后一代，“唰唰唰”地长高长大。

春光还没有醒过神来，一千秆一万秆新笋，就已亭亭玉立了。

高过了自己一生的瞻望！

胡昕散文诗选

胡昕，1962 年生，湖北蕲春人，现居武汉。作品见于《诗刊》《星星》《散文诗》《长江文艺》等数十家刊物。著有诗集《人生的空房间》、散文诗集《对一种情绪的解释》、散文集《人间烟火》等多部。获第七届“樱花诗赛”创作一等奖；《诗神》“全国短诗大赛”三等奖等多种奖项。

触摸，或者抚慰（节选）

1

疾雨过后，山坡上的小草比我更急于抬起头来。

头顶上的山崖在虹彩的辉照下，越发深沉和孤僻，它永远一言不发，永远是一副什么也不曾发生的神态，永远比人类在世上存活得更久。

我泡上一杯明前茶，袅袅的香气，迫使我对已逝的春天念念不忘。

坐在窗前，我如同时光本身，如同浮云以漂泊的方式叙述自己的存在。

整整一个下午，鸟声一直在窗外的香樟树上陪着我，这得需要多大的耐心，才能在我与它们之间成就一片祥和呀。

2

果子过早地出现在花丛里，这绝不是一件好事，它会让一群蝴蝶误以为生活在别的地方。

除非暴雨紧跟其后，否则乌云是没有意义的，一切就该在意料之中，如同神为我们指认的善或者恶。

我是不是在人群中待久了呢？像一只噤声的蝉，在疲乏中睡意丛生。

丢失的所有，已无心念及，仅仅需要一场葬礼。

试图夺取的，执意要用刀上的刃，将它们赎回。

领地始终是模糊的，只在闪电中才露出刹那的面目。

3

一只鸟的坠落，也可以选择晴空万里，让一切看上去都是完好的，没有一片散落的羽毛。

干干净净的，并无预兆。

就像在一个暴风雨的下午，我既能看到城墙上弯曲的铁，也能看到城头上僵持的旗杆。

你就是在这个时候到来的，整个人神情如同一片荒芜的田野。你说，岁月最好的退路就是一无所有，就是找一块被遗弃的土地养活自己。

我只有在沉默的时候，才会想起梦中的片段，比如用牙咬破了嘴唇，当我试图查看血痕的时候，风却吹灭了烛火。

无法示人的疼痛，让我们情不自禁地将手伸向彼此。

4

我不是通过你的名字记住了你，就像鱼并非通过河流记住了水。

我用整个春天揉碎想象中的花朵，才明白纯粹的绿更适合山谷的鸟声。

已没有一件礼物可以还原最初的细节，当你回头的那一瞬间，忏悔更应该是一场不折不扣的雪。

痛苦不会久留，总得有一个尽头，在你无路可走的时候，我会告诉你高枝上的那只鸟窝还在。

之所以能在人多的地方平平静静地活到现在，是因为我学会了如何在繁华盛世里隐身。

5

意料中的雪，到底还是落下来了。

我站在雪地里，看一只从酒馆里溜出来的猫，看它在被遗弃之前会不会回头。

外面天寒地冻，而挂在码头上的两只红色的灯笼，仍然保持着一种温暖，总有些暗示会阻止情绪彻底沦陷。

雪很快落白了街道、楼宇和夹杂其间的我，只是雪的洁白无法让这一切因此变得干净。

塔楼上的钟声安静地响了十一下。

看上去，我比塔楼更接近一部历史，但与钟声相比，我的生命却如此悄无声息，仿佛没来过一般。

6

几枝新绽的木芙蓉，从街边的栅栏里露出盲目的脸。

刚好你从这里经过，刚好没人追上来，为打断了一段故事向你表示歉意。

除了阳光还在照耀你，再无其他明亮的东西注视你。你迟疑了一会儿，没在木芙蓉下停留，因为孤独与孤独的相遇，会引发内心的喧嚣。

故乡很远，更何况你并不确定那些熟悉的地方可以成为你的退路。

你必须保持平静，必须让迎面而来的一切认为你很安全。

你不断地在人群中穿行，不断地……直至疲惫，直至明白季节的深浅，直至领悟到自己才是自己要去的地方。

7

甚至连一场雨都避不开，那么，还有什么是逼着我去面对的呢？

我手无寸铁，闲时便独自坐在窗前，就着一杯清茶，传达一些“天气真好”之类的消息。

我几乎不去打听那些曾经与我有关的人，我相信他们一定过得很好，经历了那么多，很多想法和祝愿就不再是一件礼物。

面具还挂在衣柜里，只是不怎么出门，也就很少用到它。

倒是我的孩子，我常常放心不下她，万一兵荒马乱，她学会了习惯性地蹲下身子吗？她能随时找到掩体吗？

我的眼眶湿润，像欲雨的天空。

8

当声音消失的时候，我只能凭借手去触摸。

我小心翼翼地扶着栅栏，看大门是否上锁；我将手伸出窗外，确认风是否已经变凉。

坦白地说，我过得很好，我可以用整个早晨的时间，在一张白纸上找到那些心动的细节，比如举起酒杯道声珍重；比如相对无言，设想在路途上同时回头的瞬间……

从故乡出发，最后抵达的一定是与故乡无关的地方，然后，坐在石头上默默地想家。

沉默可以容忍一条河的干涸，但没有证据表明，我正在打听的人，也正在打听我。

9

一个人的突然出现，会令人惊喜，特别是在一座陌生的城市，任何熟悉的东西都是一道光芒。

一个人的悄然消失，会让人惊悚，如果枝头上最后一片绿叶都不见了，这个季节还有什么值得依恋？

一些心爱的人离开了，我再怎么等，他们也不会回来。曾经那么大的疆域，也因此逐渐丧失。

对于瞬间开放的花朵，我总是莫名其妙地将它读成一句遗言，这样，在它谢落的时候，我还相信时光是美好的。

10

一场雷雨，持续了很长一段时间，原本亲近的事物各自散开后，再无联系。

烛光将我投到落寞的墙上，飘忽不定。我不知道自己此时还能守得住什么。

我仍然相信一切都会过去，只是过去的一切，是隐匿的刀刃还是怒放的花枝？最终，竟是一片安静的阳光惊动了我。突然的晴好，让我无所适从。

我看到一只蝉，伏在密集的枝叶间，悄无声息，似乎是想躲开某张面孔。

我重新点燃蜡烛，假装雷雨和黑夜还在持续。

王幅明散文诗选

王幅明，1949年10月出生于河南省南阳市唐河县。著有散文诗理论《美丽的混血儿：散文诗的技巧》及评论集《中外著名散文诗欣赏》《中外著名朦胧诗赏析》《诗的奥秘》，散文诗集《爱的箴言》《无法忘记》《男人的心跳》及散文随笔集《自由女神的故乡》《天堂书屋随笔》等多部。作品入选《中国百家散文诗选》《中外散文诗经典作品评赏》《古今中外散文诗鉴赏辞典》等数十种选本。获中国散文诗重大贡献奖、河南省社会科学优秀成果奖、河南省优秀图书奖、河南省首届五四文艺奖文学类作品金奖。

心灵史（5 章）

圣人的冥思

隆隆的鞭炮声唤醒了在泗水之滨安息的孔子。

“我的生日？竟然已经 2570 岁了”？

他很久没有听到曾令他三月不知肉味的韶乐了。这可是从夏代开始，国家大典才能使用的音乐啊。学子们诵读《论语》。主持人说我是至圣先师，被列为“世界十大文化名人”之首，并说参加祭孔大典的有 2000 余人，包括多国友人。

典礼官带领众人行鞠躬礼。庙堂乐舞声中，一位官员恭读祭文：“迄吾夫子，木铎天降。少陈俎豆，礼容端庄。长肄文献，私学开讲……泰山苍苍，洙泗泱泱。夫子之风，山高水长……”

时间像流水一样消逝，可在曲阜，却停了下来。

他已记不清多少次被唤醒。

他被安葬在这里，成为疲惫心灵的憩息地。鲁哀公前往致祭，称他“尼父”。众弟子在此守墓三年，唯有子贡守墓六年。

一代代孔氏后裔在他身边安葬，有坟茔数万座，人称孔林，比曲阜城区还大。

历经千年的反省、冥思，他终于想明白，看清了自己，也看清了历史。

他本一介布衣，只在鲁国当过四年官吏，有政绩，也有过失。“圣人”的桂冠是官方赐予的，不堪重负。他对平生的希冀，只是作一个君子；要求自己的学生，只能当君子儒而不能当小人儒。

他自称“述而不作，信而好古”，是弟子和再传弟子们编出《论语》，让他的思想流传后世。

他的一些本意被人为地曲解了。

他说“君君，臣臣，父父，子子”，是指君臣、父子都应该各有各自的责任；“君为臣纲，父为子纲，夫为妻纲”并不是他的本意。可谁来替他辩解？

他也有过失。任鲁国司寇，七日便诛杀政敌少正卯，因言杀人，开了一个不好的先例。

从汉至清，不知有多少“少正卯”成为冤魂！

他当过多少帝王的遮丑布？

又当过多少士子的敲门砖？

好在，“有教无类”早已成为现实。

诗歌与音乐，已经成为人们生活的一部分。

“仁、义、礼、智、信”，正在成为公民的价值观。

他毕生向往的“大同”理想，已经深入人心。

他欣慰，时光过了两千多年，还依然被后人怀念。

濮水垂钓者

清澈的濮水边，一个衣衫褴褛的士人在垂钓，他聚精会神地盯着游鱼。

并非闲情逸致，亦非当年姜太公钓鱼的用意，他的确需要鱼肉来果腹。

他当过宋国蒙县管理漆园的小官，深谙名利之害，于是自己辞职不干了。他住在狭窄的小巷里，靠编织草鞋度日，面黄肌瘦，有时还向邻居借米救急。

他学问渊博，对诸子百家深有研究，但独尊老子，对于孔子，也多有赞语。

然而，当年姜太公用鱼竿钓出仕途的一幕，还是再现了。

听说他在濮水垂钓，楚威王派遣两位衣冠楚楚的士大夫驾车远道而来，带着重金聘请庄周到楚国担任丞相。

对于一个士人，这可是千载难逢的机遇啊。

可他是庄周。庄周依旧持竿钓鱼，连头也不回。

使者说："吾王久闻先生贤名，欲以国事相累。深望先生欣然出山，上以为君王分忧，下以为黎民谋福。"

庄周听后，淡然说道："我听说楚国有只神龟，被杀死时已三千岁了。楚王珍藏之以竹箱，覆之以锦缎，供奉在庙堂之上。请问二大夫，此龟是宁愿死后留骨而贵，还是宁愿生时在泥水中潜行曳尾呢？"

使者道："自然是愿意活着在泥水中摇尾而行啦。"

庄周说："说得对啊！那么，就请二位大夫回去吧！我也愿在泥水中曳尾而行。我已决定终生不做官，做一个精神自由的人。”

庄周隐居南华山，潜心著述，善写寓言，他将深奥的哲理蕴藏在寓言之中。他崇尚逍遥游，物我同化为一，将自己的一生活成了寓言，被人尊称为庄子。

庄周与弟子走到山脚下，看见一株大树，枝繁叶茂，耸立在溪流旁。

庄周问伐木者：“这么高大的树木，怎么没人砍伐呢？”

伐木者似乎对此树不屑一顾：“此树是一种不中用的木材。用来做舟船，则沉于水；用来做棺材，会很快腐烂；用来做器具，容易毁坏；用来做门窗，脂液不干；用来做柱子，则易受虫蚀，此乃不成材之木。不材之木，无所可用，所以能有如此的高寿。”

庄周意味深长地说：“树不成材，方可免祸；人不成才，也可保身。可是，人们都知道有用之用，却不知无用之用啊。”

伐木者若有所思，弟子恍然大悟。

庄周梦见自己变成一只蝴蝶，飘飘然而十分轻松惬意。他全然忘记了自己是庄周，一会儿醒来惊惶不定，对自己还是庄周疑惑不已。

他一直想不明白，到底是庄周做梦变成蝴蝶呢，还是蝴蝶做梦变成庄周？

这莫非就是物我同化？

共患难的老妻先他而去，庄周老泪纵横。

继而一想，人的生命如同四季变化，人死了，安睡在天地之间，应该欢笑才对啊，我怎么去哭？

好友惠施去吊唁，看到庄周敲盆唱歌，大为不解。听了庄周的讲述，心方释然。

庄周活到八十多岁，觉得自己真的要与造物者同游了，心情十分平静。

战国时期流行陪葬，认为陪葬品可以保障人在另一个世界里生活富足。而像庄子这样的大师，陪葬品自然不能少。

弟子们想用很多贵重物品给老师做陪葬。

庄周对弟子们说：我以天地为棺椁，以时间为连璧，以星辰为珍珠，万物都可以作为我的陪葬。给我陪葬的东西难道还不够多吗?

弟子们无不垂泪，说：我们怕乌鸦和老鹰吃掉您的遗体。

庄周笑了："天上有乌鸦和老鹰来吃，地上也有蝼蚁来吃啊，要是夺了前者的食物给后者享用，不是太偏颇了吗?"

庄子死后，弟子们遵从师教，将老师遗体从简掩埋，并将老师遗著整理传世。

庄子死了，《庄子》活着。

千千万万的追随者，从那个濮水垂钓者的智慧里受益。

他们身披孔子的外衣，心里却藏着庄子。

庄周，庄周，康庄大道，周行不殆!

刑场忏悔

公元前 208 年，秦二世二年七月，秦丞相李斯遭受赵高诬陷，罪名"谋反"，被判"具五刑"，腰斩于咸阳闹市。三族的人都被处死。

绑出牢门走向刑场，李斯看到心爱的次子也一同被押解，怆然对儿子说："我真想再牵着黄狗，咱们一同走出上蔡东门，去打猎追逐狡兔啊，可现在，又怎能办得到呢！"

说罢父子抱头痛哭，听者无不落泪。

在受刑的极度痛苦之中，他一生的经历在脑海里闪现：

年轻时，他与韩非一同投师荀卿，学习"帝王之术"。之后，为实现人生理想，离楚投秦。先为吕不韦舍人，得以说秦王。他先后被秦王拜为长史、客卿、廷尉、左丞相，辅佐秦王兼并东方六国，成就帝业，一统天下。

秦始皇是他一生最大的贵人、恩人，本应永世相报，为何会参加沙丘政变？为何与赵高合谋，伪造遗诏，迫令始皇长子扶苏和大将蒙恬自杀，拥立寡德少子胡亥为二世皇帝？

一错铸成千古恨。

他为一时糊涂成为赵高的帮凶悔恨不已，为背叛恩重如山的始皇悔恨不已，为太子扶苏和大将蒙恬之死悔恨不已。

如果仁慈刚勇的太子扶苏执政，怎会有今天的悲剧？

他想到荀师的教诲：人之生也固小人。我的本性就是一个小人啊，为何不用仁义战胜它？

屈服于小人赵高，这是应得的报应！

他的眼前好像有一只老鼠跳动。哦，那是一只仓鼠。

瞬间，他想起早年悟出的"老鼠哲学"，心中长叹，"当年我以仓鼠自豪，而今，上得越高，摔得越惨！"

他想起被秦王采纳的《谏逐客书》，天下一统后，反对分封制，坚持郡县制；参与制定大秦法律，统一文字，统一车道，统一度量衡，统一货币，修筑驰道……

他最得意的，是把书写不便的六国文字改革成秦篆，又称小篆，并亲自写出《仓颉篇》，用作学童课本。而刻在名山、碑碣、钱币上的小篆文字，全都出自他的手笔。

想到这些荫及后代的作为，他又感到欣慰。

他终于忘记疼痛和耻辱，永闭双眼。

徐源散文诗选

徐源，1984年生于贵州省纳雍县，穿青人。曾参加《诗刊》社第二十七届青春诗会，获《扬子江》诗刊第四届扬子江年度青年散文诗人奖等。著有诗集三部，散文诗集两部。

囚夜记（8 章）

破罐子

一只破罐子，安静，从不调皮，甚至有些卑谦。

它和天花板对峙，不暧昧，不讲一句话。

我住在这座城市，一个潮湿的出租屋。我有几平方米的大地。

破罐子，装下花朵。爱情属于柔软的手指。

现在装下我、远方的幻想和近处的孤独。

我历经的痛楚，像飘扬的气球。它是昨天破的。

那些暗淡的生活，我不扔掉。我怕脆弱的瓷，把我留在寂寥的小屋。

我像一扇低矮的窗子，努力透着光。

在回忆里，它安静，从不调皮，甚至有些卑谦。

雷声响

雷声越来越响，雨越下越大。我的内心越来越平静。

总有一些故事，不被记载；总有一些日子，从树梢上轻轻滑落。

大地流淌。爱或被爱，形成花朵的光芒。

谁的心是无限的容器，装下所有。哪怕一滴小小的泪，也舍不得放弃。

某些物体冷静，总有一些风，在上面折断。

总有一些回忆，形成伤口。总有一些人在歌唱中，被闪电擦亮。

水之力

水有一种力量，这是铁的力量，你无法阻止它。

它深入石头，而我们却顾虑重重，止步不前。

水有一种力量，这是神的力量，你无法超越它。

它洗尽世间，让灵魂不着尘埃，贵贱同桌。

尚水。以水为马。我追逐河流的奔腾，我聆听大海的起伏。

我歌颂过瀑布的决然，我抚摸过湖泊的温度。

我喝着水，却一身俗气，行为懦弱。

水唤醒草木，水滋润沙漠；水随物赋形，水容纳水。

水有一种力量，这是佛的力量，你无法超越它。

它渡风，让我低下头，看到涟漪中扭曲的脸庞。

忆老屋

你显得倾斜和萧条。你老了，你的沉默让我不敢开口。

二十四年，我的欢乐挂在窗口，风吹来，沙沙直响。

一些忧伤在灰暗的墙壁上慢慢凸现。花瓣里慈祥的面孔，盼望着。

我走时，你蜷缩成一滴小小的泪，敏感而欲滴不落。

一只白鸽在宁静的村庄，它看见我凝滞的脚步和彷徨的内心。

许多年后，我在纸上画下山水、牛羊的叫声和鸡狗的争斗。

庄稼在风下成长。我画下你的面容，画到门前的小路，笔尖颤抖。

画到亲人蠕动于时空的身影，他们活得幸福，我却流泪满面。

老屋！我把你折放在胸前的衣袋，在远方行走。

你老了，我的胸口疼痛。一盏煤油灯，曾经照亮我飞蛾般的理想。

秋　殇

秋如镀金的信笺。

甲壳虫脱掉尘埃和毛皮，站成卑微者的墓志。纯洁在铜锈里，是泛着青苔的眼神。黎明点灯的人点燃手指。

光是一张面对黑夜的证件。

我在半路喝茶歇息、抽烟、读甲骨文，前方不是荒凉的城郭，后方不是放荡的深渊。

桃仁囚于玻璃橱窗。我看着它，枯井般的内心感到恐慌

在悬崖上，朝阳从喉咙里升起。

秋天渐入佳境，肌肤上站满婴儿。阳光滚过荒芜，鸿雁等待一场关于飞翔的审判，我们辜负，获得宽恕。

一瓶工业酒精像鸟巢的气息。

我所展现的

世界，几张毕加索的几何图形。

雪白的墙壁上，年少无知时，我们曾画下自己的模样。

火　焰

声音划开沉默。

火焰主要由金属构成。我在里面找到鸟，桃花的头骨站在门外，有梦游症。咬烂嘴唇，露出礁石，

像一些用石灰刷着标语的牌坊。

我守着干净的身子，黎明扛着猎枪从月亮上归来。

挽　歌

早晨霜起，染白乡土。牛羊在高高的山头，用舌头舔吸天空的蓝。草是秋天的墓碑，风在上面雕刻虫子的名字，

偷窥大地的丰腴。

梦见河流的人，铺平苍茫的高原。他的幸福有多少，沉默就有多少。最后一穗高粱，像最后一个游子，最后一场燃烧。

我关掉额头上的窗户，不被时光收买。

浪漫的事，比如我站在面前，你已不再认识。

囚夜记

你睁大眼睛，在幽闭的屋子坐到天亮。

你是否神情倦怠，身心交瘁？是否脱胎换骨，像重获新生的囚徒？是否依旧麻木，对一切表现应有的冷漠？

你成为黑夜的一部分，深沉，包容，镇定。你不虚不躁，不骄不狂。

你像一块淡泊的瓦，用粉笔庄严地留下标记。

或者，像一只孤独的夜鸟，收拢飞翔，在干枯的枝头站成一种精神。

你固执，傲慢，高贵。你沉默着，也思想着。

你与黑夜对峙，像一场生死之恋。你告诉世人：我不在阳光里，我热爱无边宁静。

田凌云散文诗选

田凌云，1997年生于陕西。诗歌见《钟山》《十月》《扬子江》《长江文艺》《星星》《汉诗》等刊物。参加过第八届十月诗会、第十九届《散文诗》杂志全国散文诗笔会、第二届星星全国青年散文诗笔会等。获第五届扬子江年度青年诗人奖、第三届陕西青年文学奖等。

真情必须是底牌（6 章）

暴雨中的王者

少女在雨中弹琴，用雨弹琴，拨响思维的琴弦。

手指如蛇——空气似琴面——少女的大脑在跳舞，跳群体之舞，宛如一堆神灵站满了偌大的广场，在那里为众生施咒。

她站在世界般的伞下，走至石凳，弹响它冰冷的坚忍；走至树木，弹响它滋润的成长；无数极端正以两极分化的方式在她心头裂开，而她却完整得仿佛那破碎的、完整的雨滴。

她弹那雨——疯狂地——用雨敲击自己的灵魂之门，直到自己也成为一滴巨大的雨水，外部是彻底的冰冷，里面是无人可以用感知走至的温度。

她摸着那雨，走在伞下，此刻，所见之雨都是自己的亲朋，替自己流泪，也替自己欢喜，因而用下雨的方式在那里深沉又动听地歌唱……

那是雨和舞蹈的哲学，只存在于这个少女的大脑里。

甚至不属于她的身体和她用肉眼所看到的任何人。

真情必须是底牌

夜晚只属于夜晚，但同时还属于语言。

语言混合在夜晚中，令夜晚散发芳香，仿若夜晚的灵魂。对我说话的中年男人，也用他的沧桑，为我带来博大的认知格局中被实践淘洗过的单纯，他激动如一只麻雀般的鹰，啃噬着我用观察做成的米粒。

他说话时就是上帝在说话，手中拿着无形但包含全世界的地图，将我从原地带往这里或者那里。这是一个看似俗不可耐的上帝，但他有他自己的纯洁和高尚。

中年男人的友谊绝不可能淡如水，但那只属于无奈的宽阔。

那些正常成长的心灵啊，他们从无比坚硬到无比柔软。一场经导演精心设计过的电影桥段，也可以戳中一个中年男人的泪点，令他想到自己飞蛾扑火般鲜活又心痛的一生。

大人说：社会是场游戏，时刻有着它所设置好的高压电，你不能莽撞触碰，更不能无知僭越，你只是一颗闪亮着光芒的螺丝钉，循规守矩地等待着星星的照耀，然后和星星进行一场有关人生进步的合作。

但我接着说：社会或许是场游戏，但真情必须是底牌！

依靠在自己的内心深处

真正的依靠在自己的内心深处，除此外，一切皆空——

幸福之路没有具体的方向，一颗看似是糖果的物隐含着深渊般的内核，在夜里哭泣的人，分不清是在哭自己的幸福，还是哭自己的深渊，她的遭遇只是一串无解的咒语，找不到能被翻译成白话文的注释，犹如无解的生活。

娱乐至死的年代，灵魂在雨中嘶吼——麻木在高空舞蹈——在那乌云遍布的高空。

被我们依靠的方向充满了迟疑，它唤醒着有智之人有关人性的洞察：一块烫人的炭火硬生生被放在人思想深处最稚嫩的肉体上，灼伤……灼伤……但那被很多人称作幸福，因为得到了舆论和偏见的认可，他们仿佛获得了某种永恒的安全，漂浮在海上一个无人可破的小木屋中。

这是安全的囚牢，人们享受它，并为此付出了甜蜜的代价，允许自己婴儿般不去思考自己的生活与宿命。

究竟正面是真相，还是反面是真相，又或是两手空空没有真相？

自我权利

自我的权利螺旋式上升，在天空的大海上盘旋。

一人不能分饰多角，应该拥有属于自我的权利。

从一段路走向另一段路，自我在大地上分叉，但毕竟不是透明的树梢，应该有自己独特的形状，或者空洞的迷人，或者空洞的丰富，允许一些人停留观赏，却不干涉你超凡脱俗的美丽。

在世俗的迷宫中说话的人，迷失于自己的语言，而真正掌握语言的人，却是清醒于自己权利的人，他们紧握自己的权利如丈夫，依靠他们来维持自己一生的光荣。

愚蠢者在谩骂，但天空上的太阳在照耀，它保护每一个人的权利，不偏爱任何一个年长且孤独的小孩。

大地上一片碎玻璃，人人脚掌布满鲜血，但掌握自我权利的人，脚底的鲜血壮丽如夕阳，仿佛一片玫瑰色的湖水。

永远不投降，也永远不向任何未经思考的权利下跪！

眼泪是廉价的牺牲

路不止拥有自己，还拥有和它一样孤独的人儿。

多年来，我仍一个人走在路上，弃婴般欺骗自己的脚下均是夕阳做成的黄金。

人性是一场轮回，情绪分散在不同的半径，但终有一日要汇聚成伤害或感动。可是，时代的王者哪怕伤痕累累依然在坚持中前行，带着那断掉的、凤凰的羽翅。

珍贵的觉悟仿佛永恒来自痛苦，而正在流泪的人还需要加大觉悟的力度。

当理解来自冷漠的心，那不代表对人生没有态度，也不代表对自己实施放弃，而是更有选择性地摘取人生价值的智慧之果，因为，人生根本就没有永恒的得到和永恒的失去。

年轻人啊，不要哭！眼泪是廉价的牺牲。

只有细心品味痛苦的甜味，我们的人生才能酿出上等的酒精。

温暖来自自己体内

永恒的他说：自己是自己的暖。

心灵狼藉如爱情的缺少和真情的流失，但一个孤独几十年或几百年的人坐在夜晚冰冷的湖边，依然要把白日的太阳搬进自己的体内。

凌晨的书写是冰冷的，无数创作者选择在凌晨抒写自己的苦与痛，但他们永远无法真正地汇聚，就像两股相反的气流不断在高空永恒地冲撞、盲目又头破血流地冲撞。

镜子啊，你永远无法照出人性的漏洞，你只是照出了美的虚假。

今天的爱停留在今天的好心情，但明天的爱在傍晚或已不知所踪，但我们仍要期待爱神的眷顾，纵然伴随更多的是心痛与孤寂。

自己是自己的暖，到头来，只有这场婚姻永远可靠，也永远不可能存在决绝的、彻底的背叛！

这是一个温暖的魔咒，你得紧紧握住它，像握住带刺的光明，朋友们。

谷莉散文诗选

谷莉，女，“70后”，黑龙江省汤原县人，现居佳木斯市。诗歌见于《诗刊》《诗潮》《诗选刊》《诗歌月刊》《星星》《散文诗》等。有诗作入选多种选本。参加第十八届全国散文诗笔会、第二届《星星·散文诗》全国青年散文诗笔会。

等我回来（6 章）

等我回来

我把自己全部蒙起来，我就消失了。我以看不见外面来界定自己不存在。不存在是安全的，意味着可怕的东西——比如坏人和鬼，都不能发现我。那时候我五六岁或者更小一点。

灯是打开的，但是灯挡不住门被打开的危险，即使是门闩也挡不住。麻绳再结实力量也有限，凶恶的东西力大无穷。

我听风在叫，风有时把门拍得啪啪响，有时只是叫几声就死了。是谁掐死了风？于是鬼的形象又冒出来了，因为从来没见过就特别逼真。

我不明白爸爸妈妈为什么把我扔在家里，就像他们也不明白我为什么宁愿独自蒙在被子里也不愿意去串门。

多傻呀，站在大人们的圈子外，一个角落就像一个灰暗的孤岛。只见孤岛外唾液飞扬，大人们的笑声就跟炸弹似的，炸得我耳朵都没了。

与其丢了耳朵，不如在被子里练习呼吸。一个小缝是必要的，光就是水，在我的眼前滴答滴。我呢，我已经是一条鱼，我不停地举口，吞着水滴。

后来，后来的后来，我知道了那也是时间的声音。那声音被我吞吃，也在我的肚子里等着我回到自己，等我放过它。

时间的愿望，也是我的愿望。我放过了它，它也松开了我。当我从鱼变回人，我突然长大了。

看　见

一棵树看见了湖水，在湖边扎下根。湖水也看见了树，拥抱了它的倒影。

一个人就是一棵树，两个人就是两棵树。当两棵树分立，慢慢会长成两把椅子，供喜欢回首的人闲坐。

经过的山水已经模糊，雾与风掩埋了太多脚印。但是向日葵出现了，无数个小太阳朝着岁月疾驰的方向招手，被捆缚的麦子渴望松绑。你会看见最初的村庄，撒在生命的棋盘上，一扇又一扇门窗如口中的字母晃动。

一群羊在唱歌，围成的圆圈像是上帝画下的。而一匹马守卫着这界限，前蹄轻轻扬起。

总有被踩下去的山头，也总有可攀爬的台阶向四面伸展。

当所有的台阶被潮水淹没，你会看见，那些精心编织并悬挂的摇篮，慢慢被抹去，慢慢沉入虚幻。

多么美呀！多么安宁。我们站在最后的湖边，变成一棵树，两棵树……更多的树，变成椅子。

冬日小屋

温暖是相对寒冷存在的。在小屋，步声的起落必然连缀炉火的摇曳。

时间在摇曳中变更指向，清晨移步黄昏，晚唐失于春秋。

磨牙的风更薄了，溜进窗缝，由此知道历史正在发生。那些或傲慢或阴郁的人，总是企图挤进更稳妥的命名。

然而葱茏一跃，望见干萎。我看见窗边的芦苇，在瓶子里一动不动，它在凝视什么？或许是不会再来的风。

凝视其实是回忆。凝视多么难。

而凝视一株芦苇同样是难的。当它活着，虽有所系却爱着摇晃；当它死了仍像活着，茫茫无际涯的发接引落日之光。其寂寞在小屋里挥发，像一支从古唱到今的民谣。

至午，炉火为阳光退位，微热的眼波浮着深情的歌。是莫扎特，他思念的紫罗兰等不到歌德的信。

最好的诗，躲着最好的人。

冬日餐桌，余杯盘，余画框，余美丽的塑料花。

厌倦之爱

终于，闪电击中屋顶。一道裂隙涌为大水，她毫不犹豫地跳了下去。

曾经的她是蜜色。在沙滩，他意识到了遥远的爱，排遣了海水；在某个傍晚，他塑造了她的模型。

不能更顺利了，多年后他走进一间屋子，看到了她。

那模型变为生动的女人，他的女人。

这梦幻般的结合使他着迷。日日夜夜，他看着她，也给她看他的满足，好似恒定的湖。

却有缄默砸出水洞，涟漪如乐音如伤痕。

他再次起舞，像极了被自我摆弄的木偶，不能免于僵硬和燃起烟火。

虚无的囚徒

你站在绿色的窗口，所有春天都要经过你，但是你看不到，你的眼眶填满了远方。

不管我离你多近，我都是虚无的，当然你更是。虚无的侧身布满阳光的痂、月亮的咳嗽。大海的银浪更细一些了，起伏间接收着时间的抽搐。

对此，你并非浑然不觉，你只是习惯了被困住。

当困境变成安居之所，就不用再寻找任何出逃的借口了。

不如扶着座椅于起坐间完成悠游。拥有擅长幻想的脑子，再逼仄也是天空。

辽远是闭上眼就到来的空灵，幸福就是星星于刹那间停在屋顶盖住一小块钝痛。

下雨了，握在你手中的滑溜的词语终于潮湿，涩涩的。你肩膀上的落灰也潮湿了，升起、落下，很有节奏，像有人故意撒下的音符跟随着你。

你望着我，仿佛在期待什么，而我在镜子里。

我在镜子里住了太久了，我已无力向你伸出手。

别看我了，再见！再见！

门被风推了一个缝，黄叶融化的颜色涌进来……

生死之念

死去的人以活着的人的意念完成归来。

灵魂的感应相似于遥远两端的电话线被耳朵接收。

只是倾听更具神秘性。睫毛颤抖，就打开了往昔的宇宙。

如同胶片的黏性固着于暗夜中，挥之不去的存在，是死之存在。

“清晰有损”，损亦清晰，那被命运消磨的粉末，重新被时间抟起、雕塑。

死者如此眷恋人间，故此，他们甚至能穿凿生者的无意识，为自己开辟空隙。

世界何以越来越拥挤？立定或悬挂随机，方便为生者所见。

触目可及，闭目也不会隐遁。我之恐惧，或许是所有人的恐惧。

虚无被填充了具体样式，更为膨大，旋转着比生动更为动感的死之位移。

这纠结的不可拆解的往复，模拟着涡旋。而我们，不过是自然的倾吐物。

如果云集应了天地凝神的渴望，那么抽离便随了空气的排斥之理。

我在这里，你在那里，时而相撞，瞬间偎依；更多昼夜，则被抛向广漠中孤栖或沉睡，如一粒渺微的石子，被万事万物遗忘。

最后它甚至记不得自己，唯有密闭的骨骼偶尔发出空旷的不为任何人感知的哭泣；天涯尽头的某一片叶子，不禁落下来……

香奴散文诗选

香奴，本名韩春艳，1971年生于内蒙古。作品散见于《诗刊》《诗选刊》《星星》《散文诗》等数十家刊物；著有诗文集《佛香》《不如怀念》《南行记》《蔓草集》等六部。获首届“吉祥甘南”全国散文诗大赛金奖、第五届“中国诗河·鹤壁”诗歌大赛一等奖等多种奖项。

藏语里的母亲（6章）

重返扎尕那

逃遁者丢下从郎木寺门外骑来的马匹，混进徒步的人群。

有人轻声祷告，有人大声忏悔，有人无声地流泪。

是谁住在山下的石头城堡里，是谁在半山腰的寺庙里撞响晨钟？

亚当和夏娃弃城而去，把秋天的青稞和牛羊分给东洼村、业日村、达日村、代巴村的藏族同胞，我知道这是神的朴素的馈赠。

一碗酥油茶，几块糌粑，一支山歌。

人们在途中抵达各自的目的地：亲人、信仰、挂着绿度母像的一面墙。或者神祇、归宿、写着藏汉文字的旅馆。

而我要继续走。

路上有石块、野草、牛粪和零星的格桑，太阳的余晖更接近佛光，一切声音消失，脚步也逐渐摆脱沉重。

重返扎尕那的人都是来还愿的。我们将在此带走遗失的往事和故人。

我们将放下——

今生多得的财富：麦子、果蔬、银两、锦绣。像初来乍到的婴孩，除了哭声，我们一无所有。

约瑟夫·洛克在此居住一年，他离开的时候一定携带着某种使命，他在途中抚摸过这些坚韧的石头、黑眼睛的孩子和蒸腾的云朵。

我路过他的空房子。

以后所有重返扎尕那的行者都会路过他的空房子。

亚当和夏娃也会。我们成为神的一部分回到原处。

另外一些，刚毁于战争、掠夺、灾难以及刹那的恶念。

我们将赤脚抵达山顶，并接受雨水的冲刷。它缓慢、细致、一丝不苟，使歌吟和诉说的堆砌如陈垢一般破碎、消失。

这干净而沉默的仲夏夜，雨后的苍穹透出蓝色。

星星出现。

群星，闪烁、静止或游走，甚至坠向扎尕那的草间。我知道太多的人想看到黎明后紫粉的晨雾，但没有人追问这些撤走的帐篷。

这苦行僧一样的信徒，星星的信徒。

这些携带光芒的孩子，他们回到了石头体内，他们将继续在黑暗的内核里，端坐、默念梵语；扎尕那每一块粗糙的石头里都藏着低眉、端坐千年的菩萨。

菩萨宽恕所有的迷途知返。

甘南雪

爱过八月的人们散了，从哪里来的回到哪里去。断肠草开过的繁花预示着某种退化，但此刻无法显现，只能和其他的预示一起被雪掩埋。

甘南的雪，第一场就要铺天盖地。

足够隐匿丰收后的青稞的伤痕和藏红花被洗劫一空的颜色，只剩下永远在饥饿中等待的黑衣守卫者，它们蹲在大雪之上，有时煞有其事地冲上天空。

一些人，消失得干干净净，一些人，躲在有火的地方不想出门，不想走这条有去无回的雪路。

送行的人怕冷。僧人的红袍黑靴在风里变单薄，转经筒慢下来，时间的速度里加了雪的分量。

香浪节的时候，飘在草间的歌声没有残留，万千佛端坐，被雪染白了须眉、经书和昨日红尘。

没有人面对雪域，追寻那些消失的油菜花的金黄、龙胆零星的紫蓝色以及小镇上成群结队的游客。

春天还会回来，她说。

脸上长着高原红的女人，抚摸着皮袍里的腹部，这注定是将在大雪中诞下的生命，注定将用哭声喊破低沉的乌云。云的缝隙中将露出明亮的蓝色，阳光会顺势伸展锋芒。

给啼哭者取个勇士的名字吧，将军、士兵或者牧羊人。

他将紧贴大地，吞饮母亲胸怀里的万千江河，他将以王的姿态成为一个崭新的牧民，放牧白雪，放牧荒凉的冬季高原。

藏语里的母亲

你有过柔美的曲线、白皙的颈部、乌黑的头发。

藏语里的母亲皮袍里的母亲，此刻你粗糙的手掌熟练地端稳滚烫的酥油茶，这是衣钵传承的一部分，是热气腾腾的高原的早晨，先于朝阳给我们的温暖和光明。

你有一枚镶有蓝松石的银戒指，唯一的一枚，永远也褪不下来的蓝松石，像一颗舍利子，也像祖母，翻看手心油污的眼神，你会在刹那间懊悔，少女时代这么早就结束了，那年夏天，青稞还未全熟。

你大声咒骂过不听吆喝的犟牛和酒后的男人。

更多的时候，你吞咽下去，这些烟味、酒气和粗野的脏话变作脂肪、皱纹、斑点，在你的肉身上留存，你的皮袍渐渐肥大，你如母牛一般孕育、生产、哺乳；风沙百转，白龙江跌宕，几十年后，你的皮袍又渐渐变得瘦小单薄，你是千百转着经筒的老妇之一，你的皮肤是古铜的颜色，你的笑脸上褶皱堆积、阳光灿烂。

播种青稞，拔去莠草，挖出土豆，你弯着腰，接近匍匐，你的皮袍总是落满尘土，你的身躯在其中失去了母性的特征。每一个藏语里的母亲，中年后都成了粗犷的王，无所不能。

你在田野里审问每一棵植物，青稞顺声倒地，交出所有颗粒，你以王的手指，点出食粮、美酒和种子。

你忘记了在花海之间的奔跑和追逐，你也忘记了编织了一半的花冠，你更忘记了小心翼翼迟疑着到底要黄色还是紫色的格桑，而今都不需要了，儿子们进城去了，那些高楼挡住了看向远方的视线，繁华扑面而来。

藏语里的母亲皮袍里的母亲，总是伸出一支胳臂，拥抱这个崭新的世界，她清楚地记得第一次抱孙儿小小的身体时，她古老的蓝松石就被他的小手紧紧抓住不放。

那一刻，她成为祖母，她想起酗酒的男人，已经去了遥远的地方……

冈拉梅朵

在认识水母雪莲之前，我交替爱过紫罗兰和飞燕草。

冈拉梅朵，来自海洋也来自高山，你用物种的记忆刻录了大海退去、高原隆起、鱼群游散、湖泊星罗棋布的场景，经历了千万年的沉寂之后，丝绸缓缓而来，马匹和骆驼驮运盐巴、茶叶，你的名字令人如此神往心动。

海拔4000米以上的雪线砾石中，除了你，再无其他植被以花朵的形式挑战自我和异类。

因为高度，你规避了所有的赞美和中伤；因为极寒，你婉拒了所有的情爱和亵玩。

若说爱，凌于绝顶之上，彼此唯一，在艰苦卓绝里对望厮守，你眼里的冰凌晶莹，是我灵魂的香气。

你不是世人歌唱中的蓝莲花呵蓝色的自我，你不是月亮在白莲花中穿梭的云朵的颜色，你已经修行得道与背景的石头融为一体，只有你配得上策兰所说的开花的石头和摇篮里纯净的歌谣。

高原广袤，你汲取了最少的养料，却极力紧缩着内心带锋芒的触角，你与世无争。

冈拉梅朵，我愿以此呈现你做旧的流年和老去的容颜。你惯看了沧海桑田的转换，而玫瑰浮艳，勿忘我心怀不安，都不如回归朴素的本色，英雄和美人终到暮年。

冈拉梅朵，我跟随这样一群人，竭尽全力接近雪域之光，接近甘南的天空，接近未来之神。

龙少散文诗选

龙少，陕西西安人，“80 后”。作品散见于《人民文学》《诗刊》《中国作家》等刊物。曾获诗探索·中国春泥诗歌奖，莫干山首届国际诗歌节金奖等奖项，出版诗集《推窗有鸟鸣》。

梦境中的词（5 章）

露珠和大海

很多次，我以为露珠是星辰的影子，是花朵上滚动的海。

我们存在，消失，我们被梦里的大海找到，借着月光羽翼，找到起伏的思绪。

当夜晚穿过风声的尾音，将一截一截的思绪带给我，我听见雨打杏花的声响，想象一朵花在滚落的雨水中翻检、洗涤，露出朦胧的双眼，像沐浴后的美人，带着矜持的娇嗔。

我曾于一场细雨后在偌大的杏园中游走，半开的花骨朵带着晶莹的水珠，在阳光下格外炫目，我从没有见过杏花如此炫目的时刻，我以为那炫目也藏着星辰和大海，微微起伏的大海，在一朵花瓣之上贡献了一生的娇媚，集圆满与平静于一身的大海，此刻让人有了安详之感。

我爱着此刻的炫目与安详，爱着它让人瞬间忘我的光滑的美感。

我的思绪在雨水的窸窣中游走，它磅礴的辽阔，让我有了渺小之感。

我听见隐约的车声，将辽阔分成好多个碎片，像移动的秩序，在你不经意的地方安静下来。

回忆是粉白色的，是杏花在春雨中低沉的炫目，而眼前的寂静是迷蒙的，是你把自己分成更细小的碎片，又在午夜的空寂里，细细缝补。

夜晚在它的海上摇曳，“我像一面旗被包围在辽阔的空间”，我带着我的露珠。

我带着我的大海。

芦　苇

每条河流都有自己配得了的石头。

我从河边走过，我是河水冲刷的石头，是河岸沉静的芦苇。

天空没有告诉我流水的秘密，我在夏日的满月下窥探过一条河的容貌，它像细软的绸缎被远近的灯光隐隐约约地点缀着，不那么急促，也不再冰冷，只是斑驳的影子里，透露着孤单之意。

我听过河流和天空的窃窃私语，那是黄昏后慢条斯理的风声，是枝头被雨水滴落的第一片叶子。

我听不清它们言语中具体的词汇，它们虚幻、缥缈，又恒久而真实地在河边响起。

它们是牧羊人吹起的口哨，

还是满月朦胧的呓语，

或者是流水对一片泥土深深的眷恋？

我揣度不出愈来愈远的话语，也许晨起的鸟鸣听懂过，暮晚的炊烟也听懂过。

我守着我的芦苇，那些无数次在河边生长又枯萎的芦苇，同样在一个人的心中走过四季。

我的芦苇是河流遗忘的星子，在朦胧之际被水流搁浅在这里，在蒲草和薄荷之间被一只水鸟的鸣叫唤醒。

我的芦苇也是堤岸上垂柳的一支嫩芽，在春风耳畔私语过。我听见天空淡蓝色的声响，像一群鸽子在天空下细数云朵。

我站在我的堤岸，

我不是谁的风景。

我的夏日，我的稻田

爱上一片稻田，爱上它云朵般跳跃的蛙鸣。

当傍晚的风将夕阳推过山顶，橘红色的云朵便开始打理自己的衣裙，此刻的稻田，蛙鸣还没有来，闷热下的安静，像一条饱满的鲫鱼，挺了挺自己的脊背。

我在傍晚的院门口坐着，看牧羊人甩响他的长鞭，赶一群羊回家，也赶一群云朵回家。他们一起经过稻田，泛黄的稻田和洁白的羊群融合在一起，像一条条纹状的毛毯铺展开去。

这时候的天空还没有满天星斗，深邃的蓝随心所欲地驶过我们头顶的每一片空隙。

蓝是天空的宿命吗？

还是天空的另一种寄托，像情感、生活或者是心中更远的远方……

我相信那些蓝，是稻田给自己寻找的大海，被风声挂在了最近的白杨树上。

寻找是一种别样的奔跑，

停歇则像午夜打结的蛙鸣。

也许整个夏日的声音都是稻田中跳跃出的蛙鸣，我携着我的稻田沿着夏日傍晚游走，更多的蛙鸣在我们路过之际，

在更深的夜晚

——摇曳生姿。

梦境中的词

你在鸟鸣中醒来，像一颗星子离开了自己的海。

晨曦准时在阳台布下明亮的局，你同最近的梦境一起返回，你在梦里奔跑过的道路正静静地躺在院落的石榴花下，在梦里听过的声响已被鸟鸣加冕成露水的倒影。

还有什么在梦里陪你起伏或跌落？

梦境是最好的油画，是低垂的星空。

你一定在梦里见过最亲近的人，听过最悦耳的声响，像水草拂过鸟鸣，像词语回到诗行。

你抱住了那些梦境，你看见晨曦在它的背面闪闪发亮，这是暗夜赠予的礼物，还是晨曦绽放的蓓蕾？

你握紧了它们，你是自己的词汇。

而梦境，永远不需要结语。

密　语

雪花在窗外的草丛中抒写冬日的曲谱，细微的白连接起树梢和地面的低音区。

我相信一次降落就是一次涅槃。

这些悠悠的白，撑起傍晚宏大的序曲，又轻易将一整天的落幕，简化成屋顶上条形的波浪。

我喜欢屋顶上被青瓦隔开的茫然，那些白到忧伤的雪，无拘束地落下来，完整地被瓦片接住，像接住一只落地的雏鸟。

雪落的声音很轻，羽毛间滚落的果实也很轻。

在大地化繁为简之际，一切嘈杂戛然而止，你能听见的声音，只有静谧，沉寂。

只有一片雪花在树梢反复修炼唇语。

我曾在这样的时刻，沿着小路慢慢走，雪在我脚底不停说着“咯吱，咯吱”，它们给我讲冬日的密语，我没有听懂。

后来，在芦苇顶端，我看见一层薄雪悠然地躺着，它睡着了。

它已没有故事要和我分享。

我在我的记忆里寻觅味蕾。

而时间，不过是一尊我为自身
修缮的寺庙。

雨倾城散文诗选

雨倾城，河北丰润人，“70后”，作品散见于《诗刊》《青年文学》《星星》《扬子江》《诗选刊》等数十家刊物；著有五人合集《锦瑟十叠》；曾获首届“中国诗河·鹤壁”全国诗歌大赛二等奖、“华威杯”全国诗歌大奖赛二等奖、第四届中国“铜铃山杯”诗歌（散文）大奖赛二等奖等多种奖项。

送你一首诗（组章选 6 章）

空山不见人，但闻人语响。
返景入深林，复照青苔上。
——《鹿柴》王维（唐）

云深处，

流水徘徊，青苔不知春秋。植物的种子，落入黑暗潮湿的泥土中，度似水流年。

有脱群隐逸之乐。

多么静，

寂寂的山林，我听到平常听不到的声音。

群峰之上，万物知音。偶有人语依稀可闻，半落松枝，半落空山。

耳旁有风。树上有知了。知了声声叫着夏天。

声声或是寂寞。

或是，我。

痴想一会儿，红尘中人，再也挣脱不出。

泉流石上。

风来松下。

何者为物？何物为我？

云水落花自由，自成一个世界。

越来越晚。不能再坐。我要走了。

再看一会儿，谁陪我走远远的路，看一看那青苔之上，最后一抹夕阳？

漠漠秋云起，稍稍夜寒生。

但觉衣裳湿，无点亦无声。

——《微雨夜行》白居易（唐）

山野清明，秋云漠漠，淅沥雨声温柔而飘缈，安静得铺天盖地。

我愿深陷于此，

消失于今晚。

慢慢走。慢慢就好了。

我愿一路细雨不停。我背上故乡。

一念既出，万山无阻。微寒。微微细雨染衣，至乐。

优哉游哉。一颗悠闲散淡的心，在路上轻轻起伏。

我觉得时光飞逝，又觉得时光好慢。

那些久远的事物，被我遇到，自在自由。情绪，湿淋淋的。人落单的时候，会被寂静迷住。

——我要回去。

衣裳渐湿，不为桎梏。

最静的人，最静的夜晚，从容悠游，此身无恙。

醒来山月高，孤枕群书里。
酒渴漫思茶，山童呼不起。
——《闲夜酒醒》皮日休（唐）

把酒频频。酒醒之后，已是后半夜了。
身边，孤枕，群书散乱。

松涛在月明的窗边响起。
口渴呼童，而少年童子，流连床榻，美美深睡。

山月高悬，天地无穷。
春夏轮回。一个人观景也很浪漫，一个人吹风也能陶然。

安闲的诗人，一览山河。山河沉默，可亲，可度余生。
——能告诉你吗，其实，这是我的理想。

世界静悄悄的。
参天古木，杳无人迹。

自把孤樽擘蟹斟，荻花洲渚月平林。
一江秋色无人管，柔橹风前语夜深。
——《第四桥》萧立之（宋）

独酌无相亲。孤独，似人生，也似命运。

人孤，影孤，孤独的酒杯分分秒秒，告慰茕茕孑立的岁月。他擘蟹下酒，自斟自饮，至微醺，至深醉，不必想将来。

此乐，何极！

一江秋色无人管。喜欢这一句。月落平林，荻在秋水，柔橹咿呀，晚风飘摇，无人顾盼，无人欣赏。我无法想象，诗人是如何在兀自清寂的夜晚沉醉欲眠的。江天无垠，水声流远。那时，他是清风，他是明月，他是朦胧恍惚中的微起波澜，徘徊不已。

真的，很静。

夜深，又深。柔橹咿呀，似有似无，他听着，人间远矣，远矣……谁的江山社稷，恬然而自在？

独眠客，夜夜可怜长寂寂。

就中今夜最愁人，凉月清风满床席。

——《独眠吟二首》（其二）白居易（唐）

瓦上听风声。

有时能靠近欢乐。

有时，平静的心拒绝再起浪潮。你喃喃自语：要幸福啊，阅历、前途、疯狂的青春应该可以省掉。

这种心思，心中藏之，何日忘之？

是日日夜夜的累积，渐成海洋。

花呢，不会一直开的。时间，是怎样的东西？心上人，终归变成了远方人。

——真正的离开，不需要告别。

可，你是我的青春呀，不甘心连一个拥抱也没有留下。

得有个盼头。何以解忧？宽衣。独眠。

抱清风，抱明月，抱寂寂之今夜。抱此时此刻之凉席，醉生梦死。

绿蚁新醅酒，红泥小火炉。
晚来天欲雪，能饮一杯无？
——《问刘十九》白居易（唐）

天色渐晚。

在这寒冷的冬夜里，微醺。

天冷了，来喝一杯酒吗？风雪之夜，他轻轻笑着问十九。

他与他小饮。

直到饮出暖意，饮出欢喜，饮出云淡风轻陶然自得，步入人间的天堂。纵天寒地寒，心冷身冷。酒为新醅，炉为红泥。这个孤寒湿冷的小屋，绿的酒，红的火，是任谁也抵挡不住的冬日之温柔，蛰居之胜境。

多好，在一起。多幸运，在一起。

忽然想起一句，我从远方赶来，恰巧你们也在。

万事不如杯在手。更何况，还有一个知心知情知意的风雪夜归之人——

十九。

天涯沦落，他闲适而欢喜，不知所思，不知所欲，亦不知所往。

我们爱他，是不是因为，我们羡慕他？

陈惠琼散文诗选

陈惠琼，出生广州西关，“70后”。作品散见于《人民日报》《中国艺术》《羊城晚报》等刊物；著有散文诗集《花城写意》《西关写意》、报告文学集《筑梦瑶山》（合著）；曾获中国散文学会“首届中国之魂”一等奖、中国散文诗学会全国散文诗“承诺”“绿色文化”“童年杯”奖、《散文诗世界》杂志社“吉林森工杯”二等奖等奖项。

花城写意（3 章）

广州起义烈士陵园

一只起义者的坚强手臂，一支系着起义标志——红飘带的步枪。

笔直，指向蓝天。红飘带如浇筑着英雄血色的红棉，根扎于南方的云彩——

它的背景嵌着雷电，嵌着三月的泪花，她或他是谁？光荣的烈士——5700 位英魂，他们的鲜血成为久远的回忆，埋得很深。

笔直的步枪呵，多么非凡。它是骄傲的王——政权之焰，弥漫广州起义纪念碑，而我将注意力投向，那茫然屹立在时间深处的英魂。

我凝视着耸立在亿万人心中的“广州起义烈士陵园”，凝视着巨手中的虹！飘拂的思绪随着红飘带的寓意，联结红花岗终年的红花，漫洇开来。

流连于缱绻的诗句、血与火交织的诗题、呈现民族之魂的信念！我仍沉浸在冥想中。瞬间，雨在头顶沙沙作响，雨的颂歌飘来英雄的香花。

万物萌生时，我的笔仿佛步枪笔直、坚定地伫立……涅槃还要涅槃，升华还要升华。

生生不息。

无穷生命力的激荡!

无畏地射向高空的焰火，迸发璀璨。

广州塔，惊叹变大的世界

椭圆体旋转，小蛮腰，为何分外妖娆？其理由，是观景台获得吉尼斯世界纪录？喜欢“世界最高户外观景平台”荣誉？还是喜欢广州塔塔顶“世界最高的摩天轮”？

从一个角度，飞至另一个角度！哦，凌空俯瞰广州梦幻的脸……

忘却已超高空，夜色扯起有意的风帆，将世界放大，随便相信一夜之间翻脸的天会横亘月亮。珠江照出藏匿的星星，爱经常涌溢出来。城市有了一条珠江的流淌……广州塔变得立体化，凸隐凸现仿佛天空游戏。我一边观察东边的黄浦江，另一边观察西边的西堤沙面。

敏感于无数时代的花样，打开“世界最高惊险之旅”帷幕。“站跳”秒钟体现 30 米急坠——高空速降，尽显自由。借助现代化“升与降”的速度，开启浪漫主义情调的放逐。时间演绎的交错，让人目眩。升势又重新燃烧黯淡了的眼睛，为名誉的陶醉头脑适时回响诗的节奏，沉浸为美而服务。

啊！深奥的向下，连接马路瞬息万变的现实浮影。

崇高的仰望——惊叹变大的世界，太阳直接折射够透彻，形成其具有独特品格的生机。

沙面岛踱步

1

我从六二三路出发，走到“西桥”三孔石拱桥（英格兰桥），为的是沿着沙基涌去看长排的百年大榕。

我在广州最年轻的“古桥”踱步，一种特殊的感觉……

从此桥到彼桥。

为的是寻找中国最富有欧陆风情的地方——

为的是寻找 19 世纪英法租界——

2

沙面，珠江冲积而成的沙洲，被白鹅潭紧握在手的岛。

依然敲打宋、元的雨，联系贡舶凑集之要冲。撑过成千上万“蛋家艇”的珠江，贯穿航运和贸易，船只把整个江面盖满……分明沙面开拓我对水的视野，开拓我对世界贸易的视野——食品、衣饰，五花八门的商业，一应俱全。

沙面的西边，五分之四是英租界；沙面的东边，五分之一是法租界。围绕着领事馆、教堂、银行、邮局、电报局、商行、医院、酒店、酒吧、住宅以及俱乐部的历史细碎……

怎样去感受 150 多座欧洲风格的建筑？

当日子重复行走一楼一景，一行一情时，我欣赏上升至新巴洛克式、仿哥特式、券廊式、新古典式的建筑风格，误入建筑与建筑之外时，又归于沙面的绿荫丛中……

3

踱步的日子，踱步沙面的周遭，全然流程打开重重迷雾——“六二三惨案”“华人与狗不得入内”……伤感的一幕幕随着步履沉重起来。

洋商们挟着雄厚资本，从中国大量采购生丝、茶叶、木材、桐油、钨矿砂、草席、猪鬃毛出口，又从国外输入糖、烟、酒、五金、西药、棉纱、线纱、染料、日用百货甚至军火等。

时代的决堤，沙面一个漩涡，能吞没吗？

4

淘空了？

一个年代的悲歌！

人民在大钟楼敲响钟声，穿越沙面的喧哗，珠江的血将以另一种方式翻身。在月光奔跑时夜游，与沙面的宁静合为一体吧。

“世外桃源”悲喜如注，浪漫渗透怡人，亦真亦幻地透明地敲打那段历史，感觉到观赏的价值。

岛，被偏私、融化。

迥异于广州其他地方氛围及节奏的此地，无交通拥阻和废气污染。这里好似欧洲小城，路边有多家咖啡馆、餐店、酒吧……人行道上放满优雅的小桌椅。

而头顶，吹的风说明榕树的根须在缓缓动荡。我更有权力说痒属于自己，不用憋气，肺里多了气体。

李啸洋散文诗选

李啸洋，笔名从安，1986年生，山西右玉人。剧本、小说、散文、评论等见于《中国作家》《诗刊》《星星》《解放军文艺》数十家刊物。出版学术著作《时间赋格：中国电影中的劳动记忆》，诗集《花神的夜晚》。曾获国家新闻出版广电广播电视总局第九届“扶持青年优秀电影剧作计划”奖、《星星》年度大学生诗人奖等。

句玄（6章）

尽　头

白依尽雪，词依尽意义。

雪将大地的界限消弭，一条河沥净光阴。

每个词都以独特的方式过完意义的一生。死亡，花朵，碎片，烈火。消极的，积极的，沉寂的，偏激的。花说话的时候，四口钟就停在音节里。

河的一边，彼岸还是彼岸。青海，遗落汉语的一行绝句。时间就收起袖口，走失的河回流进饮水词。

雨夜，属于月亮的留给月亮，属于泥土的留给泥土。

句　玄

1

十二月是个黑色的警句：

风比远方更远。

花在开，追风的少年在安眠。

石头是王的秘密，是从荆轲身上裁下的身段。

2

此地殷勤。

夸父的面相是伏虎连着卧象，婴儿连着骷髅。圣人在编织哑语。《左传》里活下来的都是猎人。在书里盗剑的人，疲劳而冰凉。

与句子相逢，是因缘，也是罪愆。

3

秋雨苦，末雨尤苦。

诗人用遗嘱讨论活着，而万物朝向绿色生长。体悟一场雨，就是体悟一场灵魂洗礼。先知与爱情，留下来的比当初寂寞。

世间如此众多的河流。

4

打坐。三更复三更。

枯身已成万句偈语。梦中的一场雪给大地披上袈裟。隐隐中有马归来，驮着失传已久的玉碑。往事落在梦里，没有重量。

推窗，梅花一枝喜过一枝。

5

娘子烫酒。

冷的时候我就温在她的酒里，尝水晶与盐。

一些生死，一言不发。

6

瞻山、望水。

劝我以桃花，劝我以黄金。九十本诗集在雨里打湿。疲惫的人身着白袍，身着白袍的人用理性思辨自己。雨敲响墓地，碑文叮当作响。

靠近死亡的地方，也靠近洁白。

7

风霜应劫而来。

斧头和落木互相叩问。从前的人成了了断的人。梦里的人以诗修禅。他们相信：

字有尽，诗无量。

茶

春天备好复活之心。

水的念头一动，世上的茶就醒了。

取白雪一钱，梅花三分。栊翠庵下，几处璧人用青春斟茶：枫露茶。老君眉。六安茶。暹罗茶。铁观音。松萝条。永春佛手。冻顶乌龙。

静。虚。定。一碗茶遁入水里坐化。

从前光阴缓慢，好时令用来晏坐、听雪、候月、等雨、赏花、焚香、试茶。

历史主义的酒，自然主义的茶。

许酒与太白，许水与陶谢。绿玉斗。竹根杯。点犀盉。紫砂壶。闲亭花落，择水，择节气饮。煮一壶丹青，行书就醉得深一行，浅一行。

影

影子撞上影子。

黎明对着花开枪，柏拉图的桌子发出幽暗的声响。

牦牛找寻遥远的踪迹，受伤的鹰是神启示的地方。月亮下面有两块石头：一块放在一个人的心脏上，一块悄悄放在雪松木床底。

雨中，沐浴者像一行修行的字，垂出一双朝圣的手。穿蓝衣裙的女人跳舞，花朵连着月亮跳，星星连着眼睛跳，死亡在走廊里发出徘徊的叹息。

村　庄

隐居在北方的村庄。

风猎猎呼响，高原的泥屋醒着一柱炊烟。炉火通红，土陶花盆开满天竺葵。窗户结满霜花，锅里土豆冒着热气。钟响了，棉袄提醒过去的岁月。

大雪茫茫，几声零星的狗吠，寂静便肃穆地持续。

谷雨，柳树亮起新绿的焰。布谷鸟，蟋蟀，蛙鸣。霜的夜晚连着夜晚，尘世一个梦连着一个梦。一群候鸟经过，春天留下灰色的线条。

风向西域迁徙，花朵嫁给远方。

河是大地苍老的皱纹，满月的桦树记着茂盛的春天。

生活之盐

除了尘埃，还是尘埃。

生活之盐，让诗行瘦得叮当响。

刀子藏在领口，把年轻的血气削成一道薄雨。风在雪地悄悄行走，一丝不挂。雪地，没有一朵火焰。大地死寂，如同真相。

山坳里羊群沉默，像固定的规律。山上有白色的狐狸走动，像童话里的期望。风是女人的叹息，山谷形同寂寞。她盘起长发，凝视群山。雪花踱过草地沉睡的根。秋天吞掉春天的卵。

黑色的牛睡着，忠于雪将临的墓地。

九月，你饲一尾蓝色，养在月亮里。

他去南方避雨，她在北方躲开春天的柳絮。夏天停在光秃的荷秆上，他擎着残碎的花朵走过阴影交界，日光退避。灰色的雄蜥蜴低头吃掉镜子里的人，以誓言的形式。他们的依恋像植物的依恋，羊把他们吃进胃里，变成云的内容。

司念散文诗选

司念，女，安徽宿松人，1988 年生。诗作散见于《星星》《扬子江》《诗选刊》《散文诗》等刊物；评论见于《文艺争鸣》《星星·理论》和相关大学学报。曾获第十二届中国散文诗天马奖。

汉代风云儿女（5 章）

和亲与嫁妆

一盏酥油灯的昏黄足以抵御户外呼啸的冷风。

嫁娶的排场，属于外在需要；生儿育女，是真的人生。

公主，是皇家赐予的高贵身份；母亲，是爱的烟火，拯救自己的火，升级自己的花。

如豆的光里，汉语说得极尽温柔，风抒情地吹着，就连几片泪花，也映衬出了火的温度。

她不仅仅是在灯下缝补日子，还把战争的残酷，搓成细细的绳索一针一针纳进衣袖。

这些嫁妆，不仅仅只是嫁妆，还是她今后长久的经文，是挨过难熬日子的信仰。

是她的天和地，是父亲母亲，是兄弟，是姐妹，是汉家子弟。

她的每一滴心血，都在嫁妆里焐热。

血脉，让阳光停在帐篷的一端，一缕炊烟在大漠升起，然后飘散，这场景酷似一场戏的高潮。

无名公主自述

呜呼哀哉，忧心恻伤。

蛇吞象。让过那些争斗。

无名公主一不要金银，二不要绸缎，三不要茶酒，四不要马匹。她只要汉天子皇宫后花园的那颗绿宝石。

她将这颗绿宝石埋入土中，多年后这里成为沙漠里的一片绿洲。

这位公主的名字被历史吹散，无从得知，但这绿色宝石的故事却永远闪亮。

还有一对白色的信鸽，穿过大漠凛冽的寒风，它们的翅膀大于辽阔的天空。

远处是一望无际的辽阔的宁静。女红，点燃了荒漠中最动人的灯盏，她们的歌谣远远胜过天籁。

一声巨大的雷鸣，将山峦撑得更高；一些籽粒，悄悄播撒。月色昼夜伏笔，写在她们和月色一样明亮的发簪一侧。

解忧公主连乌孙抗匈奴

她是罪臣之后，为解除帝王疑心，主动请缨战斗。

她连续嫁了三任丈夫，生了四男二女，断匈奴右臂，乌孙与西汉的边关人声鼎沸。

三任丈夫互相有着血脉之亲，她打破了伦理的规定，以身犯险，把汉家的血液注入辽远之地，文明和野蛮皆大欢喜。

如果失败，唯有惨死。当细君公主惨死异乡的消息传来，她与侍女冯嫽后背发凉。

练习乌孙语多年，地图里的城堡，她们如数家珍。城墙上的狼烟，她们举起又放下。

她说，要么一战，要么殉汉。总要洗刷罪孽，保卫家人性命。

命运的缰绳需要自己攥紧，女子如男守边关。

千里迢迢的路途啊，望不到尽头。风沙扑面的时候，她以幕纱遮面，与冯嫽感叹挎刀精美，宝石晶莹透亮。她眼里的湖水，吹起思乡的涟漪。

军须靡一死，她嫁给其子翁归靡。来不及展望雄鹰，便遁入哺育的行列。延续的血脉，可协助她燃起复仇的火焰。

上书汉庭，要绮绣绫罗万千、金币无数，再以成群战马，往西域三十六国，广结善缘。

扶持长子元贵靡为大昆弥，次子万年往莎车国当国君，长女弟史远嫁龟兹国国王绛宾。每一个子女，替汉家天子在西域传道授业。

乌孙告急，被车师和匈奴围攻，她寻求了帮助，“匈奴发骑田车师，车师与匈奴为一，共侵乌孙，唯天子幸救之”。

宣帝调关东精锐部卒分五路支援，五个月鏖战大败匈奴，匈奴直接元气衰微，分裂瓦解。

人在转折的时候，行动是唯一的证明，解忧公主人如其名，为全国解忧。

王嫱嫁往匈奴为阏氏

阴山十分荒凉，我没有见到一丝绿色，但我明白她的内心十分丰富，全都是茂盛的枝叶。

那些冷兵器的杀戮一点也不美，包括那一声声嘶鸣的疾风与马蹄。但她非常完美，她的声音里尽是柔情似水的音符。

王昭君，汉代最美的女子，她手捏汉朝的衣角，一针一针缝合纵横的沟壑。她让边塞停在安静的酣梦里。

一个柔弱的女子，要远赴大漠，去一个凄凉苦寒、举目无亲的地方；去一个背道而驰的深渊；去跳一座火坑。谁能知晓她的痛苦、挣扎、矛盾。

蜿蜒逶迤的长城上，长满随风摇曳的橄榄枝，这应该是人间最美的枝条，手臂一样伸展。

塞上的布谷，也如同江南乡间的一样婉转、动听。

蓝天很高，对是是非非保持着宽容；山峦静默，对纷纷扰扰保持着沉默。

有一道车辙，深深浅浅弯曲地伸向远方。

有一缕风，围着一抹翠绿，久久不舍得离开。

这像极了昭君草绿的一生。

蔡文姬弹奏《胡笳十八拍》

《胡笳十八拍》每一拍都经受了血与火的洗礼；《悲愤诗》里

的每一行都是刀戈剑戟里黏稠的血液。

这大漠，冷风就像利刃。什么都可以忍受，唯独孤单与寂寞。

你在一滴泪水里，久久地闻着挂在南方的月色，家乡的味道越来越浓。

风像一把匕首，月色像是温柔的水。风，在月色里倒戈。

脚步，那是你最喜欢的声音，越来越近，无边无际的时间，就是被这样的声音磨得越来越短。

天籁，就是从锋利的刃口喊出疼痛。

每一声喊，都像南方的谷穗那么饱满，就连琵琶和马头琴都喊不出来。

这一声喊，能够丈量大漠的辽阔。

心里的爱，是对故国的凝望，从青丝到白头，从肉身到魂魄。

最大的不幸却是我最大的幸运；最深的苦难都成了戈壁上最响亮的乐音。

蓝田出美玉，琳琅满目中，你是最光彩照人的那一颗。

马头琴上的春风，吹着边塞皑皑的白雪；吹着战马鞍鞯，吹着雪亮的利剑。她在怀里慢慢捂热的，是野蛮的兽性。

此时，蒙古包外的阳光暖暖的，鸟雀在盘旋、絮窝，苍茫大漠，有一棵树在深深地鞠躬。

客死他乡，不苦，苦的是死的地方不能当作故乡。

徐小冰散文诗选

徐小冰，1999 年生。作品散见于《诗刊》《星星》《扬子江诗刊》《散文诗》等刊物。作品入选《2020 中国年度作品·散文诗》等选本。获第六届扬子江年度青年诗人奖（散文诗）。

春天主义（3章）

春天主义

春天主义就是在背上放一匹马，任它去寻找悬崖。

1

她从哥哥走过的河边捡起弹弓。泥泞泥泞着，根须开始布道，一些隐秘的绒毛充满空气。群星把夜空跑成一匹猎豹，眼纹指着地平线索要黎明。她抚平裙裾，立住阵脚，芦花在风中鼓出更细密的升力。

她们在地上站立成群，风像世事一样丰腴。地上爬满了道路，如桨一般探入马儿跃入的地方。那里核果轰隆坠地，地鸫微撑翅羽，喉咙里涌出野地的枯声。她蹲下身，分得了水仙的寂寞与暗香。

2

她的头颅是一种非凡的水晶，每当古书吞云吐雾，扭头见尖锐的脸们瞄准树上的幼鸦，风就发出更加尖锐的哨声。

她走在河边，万物像灯一样亮着。

烽火的心脏透明，每向前一百步，都是春天有理。马儿在城墙下旁敲侧击，如落红沉浮水间，贡献出自己的节律。她们是天使安置在人间的时机，桀骜得将黄河的履历熨平。

一年蓬和月见草各拥有一个星星一样的核心，此光中无人被化简。绿皮肤在风中木质化自己，泥土高声流入你。河道编写着崭新的光谱，所有的涟漪都在重获姓名，一切池边草成为血亲。任凭彼此在层袭的浪花中认出自己，再任凭它流经。

最初的大地已伤痕累累，我们并非为了安宁。

3

投石之后，她早已无玉可碎了。周身是完美的锋利。

她每踏出一步，都唤亮脚下一丛死草，头顶一亿颗星星在轰鸣。她贪恋黑河里突然跃出的鱼，草丛里瞪视天敌的蛙鸣。她在天上画蛇，串联起未命名的星座，画野云无数朵，却整天想着要探入深渊。她周身是渴针的穴位，是坟地上的荒草连接天地，独木绵延成岛屿，枝蔓贯穿发痒的陷阱。

她经过的山林溢出屏风，散去了昨夜白霜。佛门半敞，洒扫古寺里的钟磬音。白腹鹞重回空中，树枝弹回笔直的尖锐。忘了是因为观看还是被观看，泽蛙跃出藏身地。

人们听见漫天的梦话从黑夜的七窍涌出，她是上了弦的琴，所有掉落在身的星芒，都被她贪嘴地奏起。乌云散去，将来的事也在眼前了——雪，燕子一样回到天上，感时萌连翘，金灿灿的舞鞭降世，为春天主义放行。

雨，或回环

雨总是很自在地就落了下来。我们说“急雨”，急的是我们。

天上的潮水被风携下来，海鸥往天上飞。雨深描薄棉外套细密的灰，织起她环抱胸前的襁褓，骨头在柔脂下呢喃，温柔是她让出的那部分。雨从来不执着于——“一定要吻到牡丹”，因而能与所有的偏旁拥抱成新字。

孩子说，云会突然变成老虎，也保有兔子的潜质。它们似乎和天使有隐秘的联系。拒绝形状，她不停地把收到的信件重新打散，“你要是能为万物流眼泪，你就懂得了雨。”她不再说话，他怕她下一次开口，是雨声。

雨被祝福了，不高兴也不悲伤。雨被诅咒了，不高兴也不悲伤。雨自己是祭司。她像所有浪漫的人一样不打伞，她说，雨是反视觉的。你来不及看清它，你只能听见它，或被它触及。

所谓个性就是，万物在雨中发出的声音是不同的。也不是都会被淋湿。所以有时候她用雨哭，有时候用来刷碗。

雨无所谓无情，也无所谓有情。一如雨后独处的时候，她的烛火会变得透明、柔软。她会踩碎所有水塘给出的面孔。被雨淋湿就不优雅了吗？一身尘灰才不优雅。

她说，雨的翅膀很小，只能扇动最小的秘密。因这秘密太小，她仔细地听。人间静下来——

雨不是平白无故地开始的。起因总是一朵超负荷的云。我们也是云。

习　羽

一旦拥有翅膀就要立刻学着飞翔。

1

最近枯坐家中，她在脑中攀高，高处的窒息感赶她在生命空虚到极点之前出门，找花朵求助。从未见一朵花空虚致死，她因而相信花的生命比人美，相信那里一定有她的解药。于是她仔细地问着。一个感官一个感官地问过去——具体的花瓣和抽象的香气——灵肉合一的那种和谐。她终于懂得是因为自己没有花瓣却意欲拥有花香，是因为拒斥琐事直接寻找意义，是因为越过人直接找爱——可花朵从不抛弃自己的肉体。

从来被思想和精神弃置一旁的肉体。教会她肉体的是花朵。于是她发现上一季留下一枚柑果，显眼地坠在枳树白到发媚的爱情里。新的爱情。

2

之前她们聊天，用哲思调笑干枯的现实，她们附和他们的笑声。后来是无法被解决的叹息，某片草地担起他们的沉默，她们坐在石碓上散落家事……那时逻辑变成一种很淡的东西，植物透明的汁液在枝杈间不可见地涌动，那个故事里的奶奶走出商厦，像一栋危房，等待被执行遗忘。而风则像她们所谈论的事，不关心它正在路过什么样的灵魂。

谁能想得到石碓冰凉，承载着两个不愿熄灭的词语呢？有些星星注定要不和平地晃过夜行人的眼睛。

她喜欢那些不甘心熄灭的星星，树下，三五个孩子搁置了谁当女王的议题，自顾自掰碎枯叶，每一片都有声音。这样的时候总是不太多，美丽的是骗局，我们惯于怀疑的却是自己。冰早就化开了，河岸还没走远。若有花瓣坠入，此时还只能原地打旋。

她仿佛总在担心什么，拉扯一只不太听话的风筝，你却听不清她的风声。

3

案头的圣贤书打开又合上，心里的泪水揉了又揉。远方的人们有苦难，近处的乌鸫有遗孤。远近都是同一种幽深的骨骼，虚实不分，所谓的梦想与现实一样影影绰绰。

倚着墙看星星，在这一侧被人们接纳，并不令她悲伤。毕竟还有沉默无法赞扬。一墙之隔是梦境，几乎是浅薄的，轰隆隆的安宁，尖锐又愚钝，像蝉鸣。她说，这样不行，像刺蛾幼虫，浑身是刺，自称有毒，伏在此处，满足于没人来吃你的自在。去撑开强度更大的生命和药剂，一旦此处有停顿，就突围，就继续前去，去变成天地间一根不知疼痛的避雷针，去接受一切可能的撼动——为了向更深处扎下根基——整个大地都是你的领地。

在黑夜里牧鬼，化蛹，再破茧，她请教一切上升的生灵，谁肯垂下翅膀告诉她，这么彻骨的匍匐里，超越是一件怎样的事情？

你们之中，谁想好了一定要告诉她，告诉她花朵在红泥之外的去处，或者溪流在大海以前的辗转。

冬天之前，告诉她，她就随你们来。

严琼丽散文诗选

严琼丽，1994 年 3 月生于云南师宗。作品发表于《诗刊》《星星》《扬子江诗刊》《草堂》《散文诗》等数十家刊物，著有诗集《废弃的水》。

饮水的鹿（7章）

向日葵

在理性的岛屿上，我是一朵失语的玫瑰花，我没有鲜红的颜色，我怕火一样的热情。

深夜的书架上，躺着许多早年成名的异国作家，他们每天晚上注视着我，守着我入眠。

在我的噩梦中，他们从未出现，在我梦醒之后，我会打开灯。

他们安静美好。远的事物，总是美好的。

灯光下，我的眼角溢出几颗并不伤心的泪珠，生活是多么令人深觉无聊又痛苦不堪。

我欲问他们，欲下床拖着我已掉色的拖鞋，走到他们的面前，问问他们这些善于捏造与解剖人心的大师：

我将如何处理我与生活的矛盾。

头发顺着耳边掉落，就像纸屑飞进通红的火炉，我立刻打消了下床的念头。

有些人的存在本就是虚妄，有些遥远的人，存在，本就是为了给我制造虚妄。

我望向被窗帘覆盖的窗外，那里也许会有答案，即使暂时没有获得自由，没有被我从精神上解放，但它的意志同我一样，多少次任无足轻重的事情占领我们的时间与空间，多少次在夜深人静的时候，打开自己的胸膛。

我们的胸膛里有同样的田野，我们的田野种着同一个农民给的向日葵种子，我们的向日葵不是梵高的向日葵，我们的向日葵和我们一样，属于大地属于午夜的星空，属于自己，属于我们想要救赎的人。

窗外的雨声

它们赶在晚饭前到达，急促，慌张，甚至充满蛮力，像一头刚从圈里牵出来套上牛车的青牛。

洋葱在砧板上分裂，煮沸的水，也在慌乱之中被迫停下来。

雨点子相互追赶，犹如一群逃难的饥民。

是的，我常把很汹涌的雨形容为逃难。只有攒足了劲的雨，才足以洗刷我内心的荒凉。

一个把雨水当作营养的女子，早已不怕没有藤蔓可以依附，这种早年养成的独立与韧性，常在深夜十分，让我心生惭愧。

许多琵琶也从雨中赶来，沾满灰尘和油烟的纱窗，把渴望避雨的飞蛾挡在了外面。

我停在窗前，双目呆滞，脑中，已不是一只乱撞的飞蛾；耳朵里，也不止一阵雨。

我问自己：你遗憾吗？已过少年时期，却没拥有过少年时的叛逆与乖戾。

眼泪掉在刀上，刀在颤抖的时候，雨停了。

千纸鹤

儿时，没有飞行能力、没有自由的千纸鹤，被拴在线上，挂在窗前，悬在屋子正中，有人路过的时候，它们就在屋子里飞啊飞。

有时候，单个的千纸鹤从高处被抛下，似乎一落下，就真的有一只鸟，带着梦想与自由，从眼前的困局之中脱逃。

有时候也有两只被放入河中，随着荡开的水波漂远，似乎一离开岸边，它们就离开了熟悉的地方，获得了全新的生活。

有时候，有几只被折断翅膀的，也会成为碎屑，带着少男少女的愤懑，带着青春期的不甘与萌动，在路的上方飘扬。

有时候，一群群的千纸鹤，奔赴火场，一只只色彩鲜艳的没有骨头与血肉的鸟，在火光里变皱、断裂、碎成灰烬。

纸鹤，世间最孤独的鸟，被许多失去自由的人捆绑。

现在，许多失去自由的人，被金钱和时间捆绑，他们忘了纸鹤，就像忘了过去的自己。

饮水的鹿

一只从深山老林里走出来、主动离开大雾的鹿。

它来到溪前，想喝一口纯净的水。

水底，被磨去棱角的砂砾从高到低地滚动，腐朽的树枝长斑，发黄的树叶自然舒展，还有轻轻颤动的水草。

鹿低下脖颈，双眼湿润。

至纯的水，原来离它那么远，要它离开自己熟悉的地方，要它割裂自己复杂的情感，需要它驻足停顿。

它望着水中的一切，渴意慢慢消解。

一口水解决不了它眼下的困惑，它要到哪里去？哪里都有大雾缠身。

它早已和自然融为一体，如今，它应该和水融为一体，它思索着，宛若一个带着神意降生的婴儿，看透了一切，又重新爱上这一切。

水中月、镜中花

需要你承载的，不仅是危险而又极具冲击力的美丽，还有你平淡的忧愁和望而却步的叹息。

如果一天之中，有两刻钟是身不由己的，那么一定有一刻钟，是遥远的事物铺陈在你身体里的。即使你是被动的，也没有不接受、反驳、抗击甚至是毁灭的权力。你只能成为它们的载体，或者干脆将自己炙热的部分抽出来，让它们占领你，让它们填充你。

而另一刻钟，必定是不真实的，它们纷沓而来，带着所有的绚丽降落。在这个过程中，你只能将局外的我，完整、清晰地还原在你的表面。其实，你是知道的，默不出声的我，企图侵入你的骨骼，在骨骼的内部敲下一枚钉子，让你永远、永远地记住：

你凝视我的那一刻，也正是我凝视你的那一刻。

影子知晓我

夕阳有夕阳的归宿，石头有石头的归宿。

我像一只被月亮压垮的纸船。在冬天的铁轨上，我顶着寒风，去找海里的鱼。

汽笛响的时候，从异乡回来的打工者和学生，还有背着孩子的老人，齐刷刷地踩着我的影子。他们还会从这里出发，还会踩着我的影子。

荒原之路

它要冲破黑暗，成为一道高原上的孤独的光，经过它的每一辆车，都是一本正在被翻阅的无字天书。

我要到达哪里？要和他前往哪里？我们不止一次地发生冲突，在这些冲突里，我时而像静止的灰尘，时而像在沸腾的液体里翻滚的水泡。

是的，爱让人迷惘，有时候我宁愿自己是一只没有遇见梧桐树的孤鸟，因为没有眷恋，所以似乎没有任何恐惧可以击穿我！

转角散文诗选

转角，本名王玉芳，1976 年 10 月生于黑龙江，现居绥化。作品散见于《诗刊》《青年文学》《星星》《常青藤》（美国）等数十种刊物，多次被译介到海外；作品入选《新世纪十年散文诗选》等多部年选本；获第八届中国散文诗天马奖、《诗潮》现代诗奖等多种奖项。著有散文诗集《荆棘鸟》。

望月之城（4 章）

“她，那么广博而丰满地躺在地平线上……”

——《查拉图斯特拉如是说》

锁闭在太阳下

请恩施我路！

大地绵延，天空中飞翔的鹰无端行走，孤独在定势里纷纷下降，污渍洒向一路折返的旅程。而太阳立在起伏跌宕的虚空位置，从坍塌、沉陷到凝思、喜悦，从钙化的江湖到旨意突奔的世界，他一寸一寸封锁大地的锁骨。

而事实是，太阳的命令执着于远方对月的非我、忘我……

罄尽千军万马踏醒寒夜，他的信仰无处不在。

他将心包藏在葳蕤葱郁的山川并供奉出暮色，向晚的路不再是路，而是成就了月光与刀光的琴瑟和鸣。春天，被腰斩于夜空下。

镣铐在苍穹承受原罪，而大风正在聆听高枕无忧的太阳。

酷暑，太阳挥汗如雨，江边恰好是他最后的一次杀戮，黑暗漫漶的王朝终止于花非花、月非月的跋涉，一根麦芒买走了他全部的精神。

他潜入大地的腹腔，为一根脉管熏黑黄昏啜泣，畸变的尾部被迫咽下俊朗的清明时刻。而一代枭雄在一根绿枝上撑起的却是一个女人满满的一生。

月光沁凉如水。

而荣耀、奋斗、征战，讨伐的结果是，他最终消弭在历史的红河中，做了一颗令大地颤抖的灰烬。

永生不得路过我！

怀抱黑夜

落日爬回山峦。

风的意象在太阳另一个藏身之处老去，而锋芒经过数只鲲鹏的翼翅折回水声。

在水边，太阳怀抱黑夜。大地之子在荒凉的旷野蛰居、潜伏。而暮色中一条客船斜刺里出现，使月这只飘零的枯叶隐约立在桅杆上。是灯火，让植物长出鹰的喙、狼的凶狠、小兽一样倒伏的寒光。

东风在荆棘之地驶向树的根部。

大野茫然。而太阳，在一滴水上沥出城池、月夜和死去的一粒盐的眼泪。

或者从低处向高山仰望已渐入佳境，而微恙的夜抵消了大地在银光闪闪的河流上方的攀缘。锈蚀的铁在松针上亮出雪白血红、万物生灭，万物在自我的轨道里闪烁其词，与奋力挺进的植物交换着诗和远方……

太阳沿着黄昏的脚步迫近月！

叶子败了，麦芒早已遭逢劫难，八月的阳光不再开出火热的青春。

一条沸腾的大流消隐于一个女人的腹部。

而光芒岑寂，他孤独地躺在苍凉而隐忍的早晨，喷涌出一世坍塌的块垒和澄明如月的江湖。或者人间在久违的桃花中望见太阳斑斓的夜色，太阳正在播种大地。

而大地打扫尘世，在黑色与墨色之间安放了一个慈祥的母亲。

人们任凭月亮浮出净土——

创造者之路

一切从裂纹开始。

天地在失忆的海岸流放广博的千年碎梦，大海妆奁阳光、空气、春风、野草、桃花、圣婴、植物、思想……

山川在隔空的领域被停靠在夜的沟壑，而爱波折千年。

被定位的棕榈树沿着灯的行程踏进水的世界，那飞檐走壁的波浪荡漾在天赋的高度，一行雁阵掠过恒定的旷野。太阳，像一个沉默的倾听者伫立在大地上，辽阔而无畏。

飞宇凌乱，缔造生命之后备受奴役的他用伤痛的眼泪临摹夜，城市与乡村从此走在了回家的捷径上。

找寻一路向下，而各种颜色终于在男人的第七根肋骨处得到大自由。

月城正在摘取桂树的光芒！

叠音飞舞，在黑暗中倾听万千腾挪在滔滔江水之上的嘶鸣与呼啸，而只有大地震慑了三叶草的枯萎和颓废。

风中太阳，水中月光，一行人已步入欲的世界！

大河静默在十万亩植物上，歌声传遍四海，而压抑的城池正在缔结良缘，从飞花穿透风声的黄昏到子夜行走在茫茫戈壁的牧马，从静水深流的辰时到交出万顷波涛的朔望之夜，珠穆朗玛的峡谷包容进万物、纷繁错乱的情感、雷和雪雨的忧伤。

而大河苍茫，大河苍茫……

创造者被搁浅在觐见一朵莲花的路上。

望月之城

故国破碎。

苍茫无垠的春天流淌出咸涩的血，而望月之后，灼目的太阳正在搬运一座空城。

虔诚祷告，歌声附庸风雅，震颤的潮湿的海浪拒绝建档、排序、定位和发送沉闷的声音，而地狱在腐败和荒谬的边境赘述人间罪恶，大河的波浪正驶向他沉睡的原初之地。

苍白，青灰，冰冷，拒绝冰冷——

炽热，火红，燃烧，拒绝燃烧——

传递沉沦的日在壅塞的时光里渴望拯救黑夜，被迫沉降的死水是否已放生早晨、正午、日与月的交涉时刻？人神共同匍匐于一片浩瀚的蓝色海域……

黄昏横跨江山，春天的瞩望和最坚硬的那部分重新弯下来了，夕阳还乡。

而太阳得以恢复重塑人性经脉的本事！

一阕温暖的词开在果实的秋天。如果大地闪烁不定，月城摇动的重量可否重于一尊神像的引荐，翕动的夜色可否抵达金黄沧桑的历史？若干跳动的男人女人在大赦的宽宥下迎来一场粉碎性灾难。

太阳沉睡过去，深陷于不可知的世界。

月城隐匿，逃亡。

被缝合的孤独在冷寂下迅速消逝，趋近于对永恒的寻找。

光影悬浮于巨大的夜空，万物在不可理喻的空间地带祭献太阳折射出的辉煌的光，从覆灭倾倒的朝代到任意惊呼的创世纪神迹，从自由到大自由的依附性仰慕，从宇宙闪现的旷野苍苍到不可言说的不死魂灵的迫近……

从人群到太阳。月亮的潮汐归隐于大割舍。

语言洞悉一切的沉浮不定！

渊薮，渊薮……

向天笑散文诗选

向天笑，湖北大冶人，“60 后”；已在《诗刊》《星星》《诗选刊》《诗歌月刊》《扬子江》《长江文艺》等刊物发表诗歌、散文等作品，在《诗刊》《星星》《飞天》等刊多次获奖，部分作品被收入多种年鉴、年选及其他选集。已出版诗集和散文诗集 12 部。

穿越恩施大峡谷（外一章）

1

走进恩施，就是为了走进大峡谷，走进她早已为我敞开的怀抱。

轻微的喘息，有如背后吹来的一缕绿风，轻轻地吹拂我的脸庞。

触摸高峰，放眼远望，满目的绿色任我信笔把这个炎炎的夏天涂抹成和煦的春天，尽管还是抹不去她曾经的沧桑。

徒步穿越大峡谷，仿佛爱抚过她的发丝、她的脸孔、她的腰身，整条大峡谷流淌的都是迷人的妩媚、吸人的灵动。

2

我站在大峡谷的栈道上，和峭壁一样，轻轻地挪动着，静静地对视着。

如果把目光盯在脚底下，会有一丝恐惧悄悄从心里升起。

我明白这次穿越之旅，是在危险的边缘上穿越，也是在华美的风光里穿越。于是这一路穿越，除了留下素来珍贵的激情，还留下满身不堪的疲惫。尽管每一步迈出去都是风景，但每一步也都会牵动我的双膝那隐隐的伤痛。

哪怕双膝以后恢复过来了，还能健步如飞，大峡谷也是我最后徒步穿越的景区！

3

这时候，鸟，是轻盈的；蝶，也是轻盈的，就在我的面前飞舞。

这时候，我抬起头来，看到悬崖上的花朵，她的美，高不可攀。

她低下头来，鸟，为她收拢飞翔的翅膀；蝶，也为她放弃拈花惹草。

山峰耸立，他的孤独谁也无法想象，更没有谁触摸到他的寂寞，像点燃的一炷香一样，经年不熄。

峡谷的云雾，像涌荡的溪水一样，更像一条游动的巨龙，蜿蜒前行，形态极为丰腴，可谁又能明白她多年困守在这里的渴望与祈求？

4

风景的背后，都有坚硬的石头。

风光的背后，都有难言的痛楚。

大峡谷里有四面绝壁凹陷于丛峰之中，也有四面绝壁突出似凌驾于丛峰之上。

石头，可以长出翅膀，可以在景区里飞翔。

但一个人的内心如果长满了石头，是很难在这世上行走的。

最阴暗的地方，还是在石头缝隙里，阴森森、冰凉凉，冷若冰霜。

石头，可以伸出手掌，在人生的道路上。

冷酷无情地掌控人生的命脉，甚至于人生最后的关口。

5

哪怕是一块石头，迟早还是要回到石头堆里，这样才会风生水起。

才会像水一样涌起波浪，那凝固已久的面目，也会放射出迷人的光芒。

别看她苍老满是皱纹，剥开泥土的外衣，走进峡谷的深处，就发现别有洞天，如板桥的热云洞，石壁隔成两个洞口，一洞涌热风，一洞出冷风，冷热交汇，烟雾缭绕，像她飘荡的长裙，风姿绰约。

若干年前，也许这里无比的苍凉。

若干年后，也许这里会开发出无数的景点。

6

是的，一生之中也许会发生令人羞愧难当的事，恨不能找条地缝钻下去。

恩施大峡谷也有条地缝——云龙河地缝，比一条街道还长，比一栋楼房还深。这条地缝遍布奇石、巧石、怪石，五彩斑斓，散布的古木无比苍翠，遍地的碧流潺潺有声，涓涓清流洗涤心房的污垢。

这些隐藏在地缝深处的风景，像一颗颗珠圆玉润的宝石，让人爱不释手，被风轻轻拨动时，让人感觉腾云驾雾似的。

绝壁上悬挂着无数的瀑布，雄壮的，飞若悬河，气吞山谷；细小的，细若游丝，缠绵悱恻。

每一寸地缝都是奇妙的风景。

7

在恩施大峡谷，山路十八弯，峰回路转，天衣有缝，入地有门，只是轻易不能走回头路，每个人只能义无反顾，一往无前。

每个人都会从巅峰步入低谷，也许有一种无言的失落，但真正到了低谷，不能轻易看到的风景反而更加让人痴迷，让人如释重负，让人妙不可言。

不像鹰，总停落在不胜寒的高处，站在峰柱上傲视一切；总在风雨中穿越，有一种仰天长啸的豪气。

多想生长出飞鹰一样强健的翅膀，在这峡谷中不断盘旋，自由飞翔，这样飞进飞出、飞上飞下，都轻松自如，还可以饱览大峡谷涂满颜色的风光。

亘古之恋（节选）

1

没有惊天动地的爱恋，哪来精彩生动的人生？

没有昏天黑地的埋没，哪有重见天日的光彩？

不是所有的磨难都会成为灾难，有的灭顶之灾，还能创造奇迹。

在黄石园博园的国际树化石林，我不知道自己看到的是树林，还是石林？

无根之木，保持不变的容颜，哪怕不再开枝散叶，也有着永久的生命。

有不变之心，才有亘古之恋。

树木不再生长，也不再腐朽，顶天立地也好，悄然倒下也罢，承受的磨难都成了过眼烟云。

江河在天空流行，飞鸟在地上爬动，翻天覆地的变化，也挡不住东山再起。

痛苦的经历，变成宝贵的财富。

经受再大的风雨，也不再飘摇，岿然不动。

不再追求开花结果，只求与世长存，成就不朽的传奇！

2

靠近你，抚摸你，我似乎听到你内心深处有沧海桑田流水之音。

我无法想象亿万年前你失魂落魄的模样，我只知道你现在的外表是如此的苍劲，尽管苍劲的外表掩盖着难言的沧桑。

人们只看到你现在的风光，却看不到你风光背后曾经的悲伤。

大悲大难的沉默，胜过多少滔滔不绝的诉说。

别看那些木纹现在纹丝不动，每一根丝纹里都有万箭穿心的感受。

也许有过万念俱灰的时刻，但挺过来了，有时神也会被打动。

刘慧娟散文诗选

刘慧娟，江苏新沂人，现定居上海；作品散见于《诗刊》《星星》《绿风》《诗歌月刊》等数十家刊物。作品入选《中外新诗名句集萃》《中国散文诗百年经典》《百年女性散文诗选》等各种散文诗选本；著有《无弦琴》《白云的那一边》《绕过手指的风》等多部诗集、散文诗集；曾获“香港回归杯”全国征文大赛一等奖、河南巩义“光伏杯”国际散文诗大赛金奖、四川阿坝“最美乡村情系松潘”征文大奖赛金奖等多种奖项。

况味之书（5章）

况味之书

一片飞雪，将冬天沉淀为呼唤。

匆匆的一瞥，惊醒黑天鹅踩碎的子夜的宁静。夜，有了敏锐的听力。

思考具有飞翔的旋律，整个夜色都在摇晃。

山，不再沉吟。水，开始流血。云上，飘着天空的泪。

恩典与哲思，在迷途的寂寞里，进入奇异的况味。

一筹莫展的情绪，是那只鸟翎羽发出的暗示。

梦，在风的尽头戛然而止。

行走在发梢的管弦，在你回头的瞬间，骤然无语。此刻，万籁俱寂，马群停止奔腾，白雪低头思忖。山川倒立，时空狰狞，熟悉的星星，纷纷赶往异乡。

种种迹象表明，花与果，都已经擦肩而过。世界却沉默无语，好像什么也没有发生。

唯有思念的脚步，依然势如破竹。

未来蹉跎万里，信仰的尖锐齿轮，正碾压出分别的苦痛。

沧桑举着火焰的光芒，照着那个人，他坚韧地行走在雪地上，一路向北。

从谎言分解的真理，再次回到梦中。

至于有时枯黄有时葱绿的点化，是惩罚，也是治愈。

寒光拍打满天的尘埃，借冰清玉洁的月色，粉刷江山。

故乡的方向，依然留出一条温暖的路。

遗忘的河流

鞘，用迟钝的满足，保护刃的锋利。

我坐回原处，等待分别。

将扰乱入梦的名字和梦中揪心的名字，遗忘。将那场大风，遗忘。将那条河，遗忘。将那夜红灯绿盏的门楣，遗忘。将已经升起的风景，慢慢降落，而后托付给东风。将所有的遗忘，倾之于遗忘的河流。

遗忘，是日后最好的铺垫。

真实的那部分，已经被时间盗走。剩下的回忆，一半给生的火焰，一半给死的光芒。在爱的旗帜下，一片倔强的红叶，固执地坚守着沉静。

沙子诠释着残忍，瓦砾表达着冰冷。

我开始用短句和你交流。尽人事，听天命。

至于我一再提到的谎言，就让它们自生自灭。

竹篙，曾撑开干瘪的猜测，我避实就虚的问候，将真相抽打得越来越苗条。

黄河水一样的甜言蜜语，一会儿落入深谷，一会儿跃入空中。

纷纷倒下的诺言，撞碎了虚构无数次的庭院。

世界，没有因为任何梦话，而有丝毫的改变。

尘世照旧。我在东方，梦在西方。

遗忘的河流，从我身边流过。我确定已经熟视无睹。

白桦林

1

白桦林，深藏着绿色的秘密。

枝叶摇晃的时候，河流就会忍不住倾诉。

林间的快乐，长着翅膀，像无数个小精灵，在天空快乐歌唱。

所以，你寻找我的时候，我正走进白桦林。

2

白桦林从容地存在于我的世界。

它深藏人间的悲悯，是天地间的大手笔。

它的影子，曾让我彻夜难眠，并摇曳出一行行忧伤的诗句。

它韵律的每一次流转，都使风儿感动得泪流满面。

它挺拔的气质，拉直了许多弯曲的思维。它对此岸到彼岸的点评，让尘世满脸羞愧。

我更加羞愧。我将错误的密码，种植在虚拟的泥土，将泪和寄托，交给了苍白。

白桦林忠诚于生命的托付，对不明真相的本质，往往能做出准确的辨认，并给出精确的指引。所以，百灵鸟找回歌唱的权利，原野的发声，吐纳着青春的颤音。

白桦林挺直的脊梁，让整颗心为之颤动。浮躁注定在花木里禅定。绿叶涵盖天空所有的想象，从出世到入世。

3

白桦树经常盘点生命旅程，为自己干杯。

那个秋天除外，那个被伤害的早晨除外。一个念念慈悲的人，竟然手举屠刀，亲手杀了他喂养的鸟群。这个事实，让整个秋季陷入恐惧。

整个白桦林，都没能阻挡失望的心。天空也陷入哑寂。

那个事件之后，原来的故事，逐渐开始缩水。

白桦林从容不迫，给秋天重新装饰了文字，又铺陈一些最初的情节，诵读人性的独白。

后来，季节温度回转，秋天的心绪，才恢复元气。

目　睹

大风隐身泥土之后，月光，再也没有出声。

兰花收藏四月的秘密，悄悄化作空谷清音。

窗台上，预设的手语，搁浅在久违的归期。暗香依旧，珠帘诗意正浓。

风在寻觅不曾表达的时光，一心想用季节铭记。

柴门虚掩，莺啼和相思相继破门而入。时间开始入境，类似于水土争吵之后的长久停顿。

鸟雀推迟了睡眠，帮助一个发愣的患者，拆除伪命题。

你看，那行诗句是假的，那缕香是假的，那个微笑是假的，那一朵朵的黄菊，也是假的。

若不是果实找到了路，荒唐的结局，不知道还要哭多少回。

礼　物

最后的恒久，最后的圣地，我一一别过。

只是，我出示什么作为明证，上帝却无以明示。

我审视了自己的全部行囊，除了几行荒唐的诗句，一无所有。

我的诗句，是贫瘠的。它不是华美的睡袍，也不是粮食，更不是指引你登上宝座的魔棒。

相反，它让我羞愧，它的灵魂弱不禁风。

它没有感应力，不能让天空的雨水，浇活已经干枯的秧苗，不能让大地的哭泣停止。

它是空旷的路灯下，行走的背影；是月台上，洒泪作别的疼痛；是被生活欺骗之后，一筹莫展的容颜；是寂寞空雨后，不为人知的几声鸟鸣。

它可能就是几句耳语，伴着风，轻轻地亲近你，又远离你，在不为人知的地方，悄悄地欣赏并护佑你。

它弱小的身体，在人群里钻来钻去，在风雨里历尽况味，携着苦痛前行。

它从没有因为渺小，而放下高贵；也没有因为爱，而变得卑微。它误入歧途，只为盗取真理。

宓月散文诗选

宓月，浙江绍兴人，现居成都。“70后”。著有散文诗集《夜雨潇潇》《人在他乡》《明天的背后》、长篇小说《一江春水》、诗集《早春二月》、人物评传《大学之魂》等。作品多次入选各种年度选本、中学生课外阅读书籍和中考阅读理解试题。

夏日漫长（6章）

蝉　鸣

38℃，这是夏天的标配。我躲在26℃的空调房里，听蝉在窗外高歌。

窗外的行道树，经过雨水和烈日的轮番洗晒，长得郁郁葱葱，十分繁茂。有多少蝉群居其中？不可考证。

唯一确定的是，汽车的声音、人的声音、人造音响的声音，在蝉声面前，全都败下阵来。它们此起彼伏，让我的耳畔只剩下蝉声。

长调、短歌，单音节、多音节，仿佛在演奏交响乐。听久了，倒也不觉得单调乏味。

我曾经捉住过一只蝉，看着它小小的身体，琢磨不透它怎么就能发出如此响彻天地的声音。

法布尔说："四年黑暗中的苦工，一个月阳光下的享乐，这就是蝉的生活。"

这一个月，偏偏又在最炎热的夏日。它们大概对躲在空调房里的我们很是不屑，要不然，怎会如此肆无忌惮地高歌？

在蝉看来，夏天就应该是热烈的、狂放的。轰轰烈烈走一遭，人间才值得来过。

蝉在高歌，用生命的全部热忱，仿佛火热的夏天就是它们声嘶力竭叫唤来的。

空调房里的我，犹豫着要不要走到太阳底下去，经受一番烈日的炙烤。

夏天的雨

比起绵绵春雨的黏人，夏天的雨个性鲜明。

你盼着雨来时，它就随意下几滴，或者，光打雷不见雨，让你空欢喜一场。

你怕下雨时，它偏偏来一次酣畅淋漓的倾泻。甚至，叫上雷电，唤来狂风，一种誓要清洗世间一切污浊的势头。

它喜欢出其不意，不按常理、套路，无视天气预报。阳光灿烂时它要来。也不怕惊醒你的美梦。它要证明：天意不可测！天空也是有脾气的。

你想要的及时雨，飘浮在天空中。而你，除了仰望、祈祷、等待，不可能有所作为。

大地上的事，天空中的事，似乎各有各的使命，各有各的归处，却又无时无刻不在改变彼此的模样。

我们都是一颗颗从天空砸向大地的雨滴，都是永恒轮回中的一点偶然。我们无法选择自己在何时落向何地，就像无法选择是滋润大地，还是助纣为虐，成为滔天洪水的帮凶。

在燠热沉闷的夏日里，一场暴雨是令人期待的。哪怕期待中还夹杂着忐忑，一种近乎灾难降临的恐惧。因为你知道，高温和干旱一样令人窒息。

静静聆听雨珠儿弹跳的声音，将石板路、瓦片、水泥道、伞顶、竹叶……当成乐器，整个世界都笼罩在雨珠弹奏出的音韵中，再加上蝉的协奏，那该是夏日里多么美妙的一件事。你能听出岁月静好，万物安详，一切似乎都刚刚好！

但这样的好时刻却需要天时、地利、人和，需要一种莫大的幸运。

风调雨顺，国泰民安，正是因为难得，所以人人都在祈祷。

天空不知道，下多少雨才算够，或者多久不下雨才算好。上帝也不知道，人心有多大有多深，要多少雨才能灌满。只有风的涌动是永恒的，世界变幻不定是确定的。就像夏天的雨，掌控在风的手中，来来去去，有偶然，也有必然。

夏日雨后

经历过狂乱，经历过生死考验，当一切再次归复平静，太阳再次升上天空，大地更有了一种趋向成熟的旷达和恬静。

我感觉到了空气中新鲜的味道，还有那舒心的清凉。

思绪不再纷乱，目力所及之处，也不再混沌。

折断的树枝、零落的花瓣、倒伏的青草，都不能阻挡生命力从大地深处蓬勃而出。

即便烈日再一次炙烤，也不过是离成熟更近一步而已。

风雨过后才会知道，谁在伪装，谁是真正的强者。

摇　曳

穿鱼尾裙的女子，修长的竹子，一茎花枝……摇曳出的风情，有着梦幻般的美丽。

它是轻盈的，只要风轻轻托举，就能飞起来。它似乎在告诉头顶的云、夜晚的星辰，它曾经飞翔过，有过一个自由不羁的天空。

它随时准备着再次起飞，或者说，期待着飞的感觉，在非现实主义的时刻。

只要那女子不开口说话，只要那竹子不再蔓生枝节，只要那花儿没有枯萎。

可是，这又怎么可能呢？

摇曳过后，所有的美好都会碎落一地。

倒不如，将那一瞬留在心间，在摇曳中慢慢回味。

那个时候

当我说出“那个时候”时，便觉得自己老了。

我成了一条洄游的鲑鱼，在记忆的河床上奋力拼搏，想要回到出生地。

惊恐、迷惘、失落……突如其来。它们拥堵在面前，让我怎么也看不清未来。

只能一次又一次地挣扎、跳跃，在命定的河道上。

直到看见了死亡。

直到看见了死亡背后闪烁的生命亮光。

我终于感到了解脱：再也不用为“那个时候”而悲观绝望。

我看到自己分解成了碳、氢、氧、氮、磷……无数的小分子，在空气中，它们在蓬勃扩散、飘浮。

我知道，无边无际的大海，将再一次成为我渴望的远方。

城市中的鸟儿

一日凌晨，我被窗外的鸟鸣唤醒。

那是一只早起的鸟儿，声音清脆、婉转。它仿佛在练声，又像是在呼唤朋友。很快，东一声西一声的鸟鸣声从城市的各个角落传来。

太阳还未升起，城市还在朦胧的睡意中，这一小段时光，是鸟儿们的。我听到它们彼此应和，就像乡间互道早安的人们。用不了多久，车流声、人流声便会将它们淹没。

在匆忙的时刻，我从没听见过鸟鸣声，好像它们并不存在。我确实有许多事情要忙，在这个繁忙的城市里，人人都在为生活奔波。权力和欲望是一只看不见的大手，翻云覆雨之间，远比小说中的故事更为惊险刺激。但我更愿意看阳光下的事物，看花朵的绽放和凋零，看树叶黄了又绿，简单而美好。至于阳光背后的暗影，大宅深院中的秘密，不看也罢。不如静心听听鸟鸣，听听未加修饰的生命吟唱。

我是个喜欢用文字描述世界的人。我渴望能用朴素的语言讲述我所经历的一切，以不枉此生。我不祈望得到褒奖或赞美，只祈望阅读我写下的文字的人，能感受到我所生活的这个时代的某些生活片段。仿佛窗外行道树上的鸟儿们交谈、嬉戏的那一刻。

多少年之后，人们听到鸟儿们的歌唱应该与我此时此刻听到的没有什么不同。而我写的文字，是不是还能给人以生活的气息，我对此感到忐忑。

很多次，我渴望隐身在鸟儿中间，成为它们中的一员。

苏扬散文诗选

苏扬，本名韩芝萍。作品散见于《诗选刊》《星星·散文诗》《中国诗人》《散文诗》《散文诗世界》等数十家刊物；作品入选《百年女性散文诗选》《中国新诗·散文诗卷》及各种年度散文诗选本；获第三届中国金融文学奖、首届中国金融文学理论研究最佳论文奖、首届丝路金融文学奖、第二届长河文学奖、和平崛起·改革开放四十周年全国文学创作大赛散文诗奖特等奖等奖项。

运河中国史（节选）

第一章　河曲

1

你已积蓄力量。当然，你动用了众多的智慧。
而我的号子穿透你浩大的光芒。

你浩大的光芒，来自众多灵气丛生的源。
众多灵气丛生的源，是众多山川湖泊的命脉。
它们不再安定独立，因为你的出现。

2

你看，众多魂灵砸开水的枷锁，寻找自由奔腾的浪花。
众多生命前赴后继，垒成坚固的河堤。
他们效忠土地赐予的英雄姓氏，以身开凿一条畅通无阻的航道，还为你修筑一座加冕的城池。

乾坤日夜浮动，我的号子经久不息，苍茫之水做好了归依的准备。

江淮流域的众多魂灵在光芒的照耀下，做好了归依的准备。

3

在归依之前，浪花的魂灵要求我给他们写一首献歌。

这壮烈的献歌，也是生命的颂词吗?

河流两岸，等待祭祀的大鸟已盘旋得精疲力竭。

而倒下的人，正饥饿地啃着泥土。

河水伸出温柔的手，揩拭沟边的血迹。

你的慈悲让我的号子更加有力。

我除了号子，只有这么一支曲儿。

这亘古的曲子使战争持久活跃。瞧那壮丽的船，上面装满了粮草。

它正停泊在城下，准备驶向新开凿的航道。

许多士兵脸上充满憧憬，他们还未得到指令，就已跟亲人告别。

4

我的号子是这支曲子的旅伴，我看到无数魂灵在曲子上奔跑，在时间中穿越，企图将所有的故事复活。

这是你披荆斩棘的历史。

这也是他们艰苦卓绝的奋斗历程，他们用最简陋的工具实现最崇高的目标。

这种精神使一切裸露着脊梁的劳苦大众不惜牺牲。

劳苦与牺牲都是神圣的职责，这是你上下求索而寄予他们的座右铭。

第二章　四渎

1

天地玄黄，宇宙洪荒。

江河的涛声湮没在混沌里。

这排山倒海的曲调不断挤压、碰撞、结合、分解、起伏、跳跃。

经过亿万年的磨砺，进入文明的初始。

生命之水融进了血脉，就有了相同的颜色。

黄，地之色，山之色，河之色，人之色，帝王的龙袍车盖之色。

众多氏族部落同声共气，以黄为宗，围绕“四渎”群居繁衍。

“四渎”按东西南北编号，长江为东渎，黄河为西渎，淮水为南渎，济水为北渎。

2

“四渎”各司其职，泽被八方。

你看，黄河最大的支流渭水、洛水，长江最大的支流汉水、沔水（西汉水），淮河最大的支流汝水、颍水、泗水、沂水，它们每一个旁系都象征“四渎”的威仪，行使着流域的权力。

其实，“四渎”都有奔腾的理想。

虽是崎岖曲折的长途奔波，但任凭星移斗转、沧海桑田，任凭刀光剑影、烽火连天，奔流到海是“四渎”共同的志向。

3

光芒照耀在“四渎”的源头，太阳端坐在金色的毯子上，瞻仰人类文明的高度。

当他们对五洲四海进行一次次探寻后，将青藏高原公认为“世界屋脊”，这个气象万千的高原可谓万山之祖、百川之源。

这是我最骄傲的地方。

长江从青藏高原的腹地唐古拉山脉高高尖尖之山峰自西向东奔腾而下，气吞万里，汇入东海，成为亚洲第一长河。

而发源于青藏高原巴颜喀拉山北麓的黄河也如一条洪荒的巨龙，上下翻滚，雷霆万钧，飞沙走石，向东奔入渤海，气势更加磅礴。

4

我明白中国实在太古老了。因此，一些神秘的智慧和力量仿佛参透了天机妙理。

秦岭隔开了长江和黄河两大水域，作为华夏版图的南北分水岭，无论长江黄河的脾气如何变化无常、野蛮暴烈，秦岭巍然不动。

其实，秦岭就是蜿蜒在中国中部的龙脉，一直肩负着庇护华夏民族的使命，是历代王朝的天然军事屏障。

或许秦岭看惯了风云变幻，对江河咆哮泰然处之，咆哮何尝不是河流精神的体现?

那些前来朝圣的婉约派诗人，只看到流水在光润的石头上弹奏柔和的音乐，遇到崇山峻岭就绕道而行，所以摸不透长江黄河真正的脾性。

5

众多玄理，深藏于这片神山灵水。

秦岭东界桐柏山峻峭奇秀，仙气氤氲，西北陲为创世神盘古圣地，东南麓为炎帝神农氏故里。

桐柏山主峰太白顶海拔 1140 米，淮水从其西北侧河谷向东为奔流，汇入黄海，流程 1000 公里。

神秘的淮河流域夹在长江流域与黄河流域之间，承上启下，任重道远。圣人就在这里传道授业。

秦汉启始，50 多位帝王遣官祭淮，拜水问道。淮渎庙前，文官下轿，武官下马，平民匍匐。

清朝，为安天下，康熙皇帝亲笔御书:“灵渎安澜”。

6

济水曾与先民同舟共济。

济水发源于海拔 1700 多米的济源王屋山，这是愚公的故乡。

千里济水安邦济世，洞若观火，众水皆浊它独清。你看，一个美好的女子正徘徊在济水岸边吟唱:

“匏有苦叶，济有深涉。深则厉，浅则揭。

有弥济盈，有鷕雉鸣。济盈不濡轨，雉鸣求其牡。”①

济水循规蹈矩，秉守礼仪法度，谨慎地与黄河保持距离，而蔑视章法的黄河飞扬跋扈，屡次霸占济水地盘。

济水忍辱负重，三隐三现，百折入海，最终大隐于世。

这是“四渎”的博弈，也是文明与文明的纠缠与附会。

在你上下求索之前，我不断寻根溯源。

第三章　图腾

1

你汇聚了四渎，就成了一个色彩斑斓的混合之物，身体的经度和纬度越来越高。

现在，我可以跟你谈论天下了。

君不见，天下呈九五之势，皆是龙的图腾。

山为龙势，水为龙血。

所谓九五之尊，飞龙在天。

龙的威力，包举宇内，囊括四海，并吞八荒。

①出自先秦佚名《匏有苦叶》。

2

三国鼎立时，东吴太常卿徐整弃官游历至桐柏山，敬仰盘古开天辟地之伟业，遂创作了《五运历年纪》，他这样歌颂伟大的创世神：

“盘古之君，龙首蛇身，嘘为风雨，吹为雷电，开目为昼，闭目为夜。死后骨节为山林，体为江海，血为淮渎，毛发为草木”。

其实早在秦汉之前，华夏人就已把盘古看成是华夏始祖。

自从盘古化身天地万物，盘古的后裔就不断创造人定胜天的奇迹。

比如三皇五帝，他们皆是神龙之子，具有定国拓疆的能力。

3

黄帝和炎帝的部落联盟一直在黄河流域活动，他们主要依靠采集、耕种、狩猎以及畜牧获取食物。

部落之间因争夺食物资源，经常发生战争。

大约四千六百多年前，黄帝在姬水修德振兵，于阪泉之野击败位于黄河下游渭水流域的炎帝。

让我的部落接受黄帝的领导吧！炎帝俯首称臣。

炎黄部落联盟融合，奠定了华夏文明的基础。

4

黄帝的势力逐步向江淮流域推进。

但黄帝不敢掉以轻心，他遇到了强大的九黎部落。

九黎部落以鸟为图腾，屡次越过淮水，在黄河中下游与炎黄部落争夺适于放牧和浅耕的土地。

九黎部落联盟首领蚩尤志存高远、励精图治、英勇善战，他掌握了先进的冶炼技术，发明了青铜兵器。

北方粗糙的石器和弓箭怎能抵挡蚩尤尖利的铜器？黄帝九战不胜。

5

蚩尤志得意满，忽视了中原乃是龙的福地。

你看，黄帝以龙为坐骑，凭借天时地利人和，在涿鹿扭转了局势。

黄帝斩蚩尤首级，九黎部落溃散，有的流落到南方，有的逃至高山深谷，但大多数融入华夏民族。

你说，涿鹿之战是不是龙图腾与鸟图腾的战争？

士兵从尘土里捡起蚩尤的铜器，把它献给黄帝。于是，黄帝一鼓作气，平定东夷，一统天下，迁都有熊①，既而抚万民，度四方，制天下以立万国。

欢乐在光波上翻涌，万国普天同庆。黄帝列五帝之首，被尊为华夏民族共主和人文始祖。

从此，龙的传人生生不息，四方皆称华夏儿女。

---

① 有熊：地属淮河流域，即中原腹地新郑，春秋时为郑国国都，战国时为韩国国都。

米心散文诗选

米心，本名林心汝，广东阳江人，1998年生；诗歌见《星星》《诗歌月刊》《散文诗》《扬子江》等刊；童话见《中学生百科》《中国校园文学》《少年文艺》等刊；入选《2020年中国新诗排行榜》《中国诗歌·2020年新发现诗人作品选》等选本。著有诗集《心是蜜桃的浪漫》。

写给我的白马（6 章）

骆驼的理想国

云开始甘蔗般成片地生长，那种茂密扎进我的眼睛，在空旷的眼睛里生长着，不只是甘蔗，那些云还像窗户，水做的窗户，淅淅沥沥落下来。

我一流泪，眼睛的窗户开始堆积苔藓。

这是好天气，太阳照着我，野蛮地照着我，希望我内心斑斓。四周的树到处是耳朵，在听我说话。

我一直在翱翔。我一直为清澈的山溪翱翔。

我曾经骑过马，那时候我的心只停泊着绿，那么多绿在我的心间开出蕊儿。现在我骑着骆驼，像骑着一个王国那般谨慎。

骆驼呀你是乖的，骆驼呀我是一片橄榄色的沙尘，已离开故乡。

骆驼呀，你知道蜜蜂睡在哪一片水域，你知道哪条鱼在水里哭泣过，你知道所有的花在每天清晨合唱。你知道水流过我的秘密，流过我的桃子、我的梳子。

骆驼，你多么享受风摩擦阳光的声音，像乐器筑在世界上每一个角落。骆驼啊，带上我，快快带上我，让我们逃离这一片言语的城市。

我们走在一片无边无际的沙漠里，带着一颗金黄的心灵，但是不要眼泪，不要贵重的眼泪。

我只要月亮。

只要一颗别人都有的月亮。

我悲伤的时候，沙漠全是月亮。骆驼，你也是月亮，连我也是月亮，睫毛是更多更多细长的月亮，一落泪，缺少的那一块便慢慢变得丰盈。

火光

我不断流浪，流浪在远方的天空下，那天空是玫瑰色的，几乎要枯萎了。

乌龟，蝴蝶，更细更小的蜜蜂，更苦更涩的小虫子啊，我几乎心碎了，我几乎要从眼泪中寻找自己。我被生活赶到一个小笼子里，我被爱情赶到鸽子的脚下。

什么是明亮的地方？什么是明亮的地方？我的小青蛙，待在井底里能不能看清楚自己的脸？

什么是明亮的地方？什么是明亮的地方？我询问着泥土里的根，我询问着阴影里的苔藓，待在黑漆漆的地方能否记得太阳的模样？

——这是明亮的地方！这是明亮的地方！

一只微小的蛾子回答了我。

然后蛾子纵身扑到了火光中。

火光“啪”的一声，又细又小的身影像戒指闪着，消逝了。

这是明亮的地方，这是明亮的地方……

融化的信笺

多哭几次，河流就干了，多悲伤几次，远处的小木屋旁就长出了两棵柳树。随着风飘荡的，还有我的眼泪，那水钻般的眼泪突然被贪心的鸽子吞食。我胸膛处也长出了一簇枝芽，爬过小巧的蚂蚁，它们的生活也是又细又小。

我想起你，蓝色天空一样的男人。岩石一样的男人。不断苍老的男人。唯一给过我雪花的男人。我不断想起你，像把自己投放在燕子颜色的天空里，心干净得没有皱褶。

心干净得啊，仿佛自己就是一株花草。

我喜欢的向日葵啊，你给过我阳光般的安慰，给过我波涛的鞋子。我的向日葵啊，你那粗粗的花瓣把我遮挡，把我喜欢的他变成花蜜，我的眼睛已是他的一对蝴蝶。

阳光中我们多么干净，两手不沾悲伤。

我们多么愉悦。晚风在一旁揉平生活。

鼓楼之事

烈日的波涛正向我袭来，闪电的中央藏满了花朵，早晨的雾气带着淡淡的哀伤，像是少女手洗的衣裳。一件衣裳可能藏着阳光的脸，那脸曾使我幸福。无论我曾经多么失败，多么无可救药，也还是被幸福的云投落过。

亲爱的，可是你在哪里呢？那雄鹰盘旋着，像风里的歌曲，使我提心吊胆。所以亲爱的，你到底在哪里呢？在岩石的夹缝中，我的眼睛成为躲闪的花。

鼓楼上的瓦片被雨水打青，红色的墙里连影子也没有，却突然传来皮鞋的声音，那声音如蛙，那声音使我长出翅膀。一些珠子哗啦啦落了下来，连同命运本身。命运从来如此怜悯又残酷，像燕子飞出鼓楼，从潮湿的泪水飞了出来。

后海的荷花盛开在水面上，水中有些赤裸的人儿在仰望阳光。鼓楼里有人在喝茶，茶里放着今天的杂念。

风一吹，我和你再醇厚都淡了。

写给我的白马

他把它牵过来，我见到这匹白马时心里咯噔了一下。

这是一匹浑身没有泥泞的马，它的眼睛如巨大的铃铛，往我的心窗里敲。白马啊，摇动你的尾巴，如同摇动山摇动河；白马啊，竖起你的耳朵，你能否听到一个少女跨过棘刺与花丛，腿被划伤，发出类似于鸽子落入网中的声音呢？

白马，太阳把我们晒，把我们的阴影围攻，我们的黑暗就藏在明亮处。我们的黑暗是淡淡的柑橘。良好的黑暗，会让我们放松。

白马，亲爱的白马，我骑上你，你带着我奔跑在草原上，一望无际的草原上。我们丢掉夕阳，丢掉月亮，丢掉言语。

白马、白马，唯有故乡，再颠簸，还是紧攥在心里。白马，我不愿再流浪，我的双脚是家，在土地扎根。

野兽的花儿

我的心哭泣了，正悄悄地打开最脆弱的话语。一只孔雀的话语，是母亲的话语，我父亲的声音正荡在海上。每日每夜在海水里接受痛苦的我的月亮在变蓝，它蓝得像一只脆弱的鸟，像鸟羽毛上的花朵。我孤独的心，还在草原上颠簸。

我孤独的家，现在只能在我口袋里伴随着我离开。我孤独的家，被别人提走，却不能被自己提走。

我不知道方向，我不知道我的家在哪里，它是否长满苔藓与马匹。我有时候住在桥洞里，有时候住在破破烂烂的地方，看着美丽的蓝天空一点点被黄昏揉碎。

来吧来吧，自然中的一只蝴蝶，用你的翅膀挥起晚霞的床铺。

来吧来吧，你也很像一只豺狼，咬着我的单纯，咬着我的天真。我已经哭了一千次，我已经像他们那样在内心投放石头，却仍变不成一只老虎。

我已经把眼泪一颗颗掰成风，又细又瘦的风飞在别人的屋外。

潘云贵散文诗选

潘云贵，1990 年 12 月出生于福建长乐；作品发表于《十月》《诗刊》《青年文学》《扬子江》等多家刊物。著有散文诗集《天真皮肤的同类》。入选新西兰文学翻译中心中英双语诗集《30 Under 30——90 后中国诗选》等多部诗选。曾获第二十二届台北文学奖现代诗首奖、第四十四届香港青年文学奖新诗高级组亚军、第五届扬子江年度青年散文诗人奖、2013《诗歌月刊》年度优秀散文诗奖等奖项。

潮来自白（外一章）

1

这些日子，我明显感到一些事物在增加。

那些因雨季到来的水滴在增加，那些困在窗内的身影在增加，轻或重在增加，却无法抵消在我身上所减少的，那些长久被索取的昨天。

褪色的水桶散落在西湾的海堤上，衰老的主人正将自己作为鱼养在屋内的水缸。他们平日拎着空空的生活而来，在我面前静默。

涟漪扩散出的青春和欲望，同钓钩一起潜入我的身体，并等待上钩的结果。

我总因此被划开。游弋在浅层的秘密容易被探寻，并露出弱小的额头。

我总因此在减少。那些迷恋饵料的鱼群也是我体内的欲望，面对诱惑与危险，有亟待填补的空虚，有旋即又忘的本性。

警戒中，海岸郁郁寡欢，鱼被寂寞的梦乡垂钓。

2

苍鹭骑风而来，缓缓飞越山丘，降临海上。它在空中扇动崇高，仿佛在翼上建立个人的宗教。

忽一刹那，它转头向我俯冲，双翅击水，在我胸前放肆玩要。

逗我，抓我，啄我，饮我。

我如器具，又如一扇低矮的门，任它开启与关闭，身无所系凌空直上，演绎世人眼中英雄起伏的命运。

而我——向来仅仅作为英雄的注脚？

3

多少人误解我的脾性——

说那汹涌如兽，是我。

说那低潮若谷，是我。

而不知这躯壳里流淌的每一滴水，向来都是被操控的那一方。

海涛触碰礁石，轻一声，重一声，练习西西弗斯的交响，并向人坦白：这些活泼被隐匿绳索牵绊的小年轻，来回于引力的政治。

轻一声又重一声，昼夜不息，替我诉说。

有谁听见？

海浪层层叠叠，孤独来回荡漾，谁来抱紧我？

4

我不在乎目光。

不在乎此刻被多少人凝视，他们是否又记起，悔及往日奔波中对我的忽视。

我关切的仅是每日在腹中慵懒翻身的所在：那些螃蟹、海龟、虾、海蛇、水母、鲸……由我守护、照看，从一粒卵到最后的衰亡。

在或深或浅的处境中，它们仅有单纯清澈的渴盼：现世安稳。

没有争夺，没有杀戮，以自由和健康游过一生的长途。

5

懂我的是岸边的青山——

以坚硬的形象与我柔情的身躯互补，也将昨日途经的无数人引向高处，并看清这个世界上更多部分的我：

天蓝的我，泛白的我，宝石蓝的我，祖母绿的我……

从上到下，由近及远。

放眼寿山的秀丽，高雄港的恢宏，我的怀抱始终紧贴着陆地，又推动航海人的理想往前，将他们眼中的天色连通至未来的回望间。

我皮肤上的蓝，一层层，与天空的蓝握手、相交，以一条永恒的折线定格。

6

懂我的是夜晚的拉琴人——

他在秘境的页岩上独立为一尊雕塑。若非在风与碧波的和声里斜出一个犄角的音，谁都会将他归于沉默，作为一件趋于完整的静物。

他为我演奏那舌尖与唇无法碰撞出的音，只属于自然与一颗干净的心。

那被遗忘的声，在最高亢处将我托举，而忽略我身体的沉重。

一种力量，在这蔓延的暗中，与我彼此确认，互为知己。

7

潮来潮去，是我的阵阵自白。

无须谁听见，也无须成为谁的注脚。

我有自己的声音跟咏叹，一遍遍回旋，无需风跟翅膀作为具体的代表。这些海底或海面发出的元音与辅音，隐形而抽象，需要通过契合的感受抵达内心的波心。

在天地被锁住的日子，我将自己摊开，让每一粒上岸的盐得到拥抱，让每一道岛屿的伤得到抚慰。

生命的轻跟重，来与去，增加或减少，我都以无边靠近，以千层浪花和亿万斯年祝福。

跟一滴水出发（节选）

1

不再靠近密集的影子。

那些人群，那些物品，挨挨挤挤，没有太多缝隙，也没有太多感情。

——连呼吸都比在水里闷。

独自攀上后山的高峰，再与山间的一滴水一起出发，下山的路上又遇到一滴。让水滴同水滴进行交谈，从很久很久以前抵达此刻。

时间在宝岛东部是一首温柔的歌。

2

山雀叫，野猪跑。

这里四处是神的踪迹，疫情似乎发生于另一个星球，与此绝缘。

谁的号角吹出了原始的气息？太阳部落的狩猎祭又将开始，从弓箭上启程的习俗至今，已多了更多文明的瞩目——

仅仅是一种仪式，一种人类作为主宰者身份的继承，不再继承的是杀戮、仇恨和欲望。历史带来灵肉深处的省悟，让心底的微光高过熊熊篝火。

日月之下，众生平等。

阿美人、排湾人的孩子们站在树下，彼此传递采摘的释迦果。

一粒一粒，一年一年，一个又一个的故事，都在花东的光和水中生长、饱满。

3

一滴水和一滴水相遇，是何其有缘。

一条溪与一条溪相交，又何其浪漫。

在池上，大波池穿过水稻梦的睡囊，穿过农人黝黑的脚掌，继而往秀姑峦溪淌去。

——入海，入海，没有比这更期待的明天。

水形成自然的镜面，任汗滴洒落成朵朵涟漪。

在坚守与求变中，水滴旋转如一盏灯，照亮人的厚实肩膀扛过的每个日子，又一次次化作穿越泥土的歌者——

咕咕咕，咚咚咚，嗒嗒嗒……

它们或明或暗，或轻或重，都在波光里过滤，析出晶莹的躯体与轻盈的灵魂。

文西散文诗选

文西，土家族，1994 年生于湘西。作品散见于《十月》《诗刊》《扬子江》《星星》等刊物；有作品被《小说选刊》转载。著有诗集《不能遗忘的》《湘西纪》、散文集《冬日田野上的青草》。获首届扬子江年度青年诗人奖，首届华语青年作家奖诗歌主奖。

大海构图（节选）

大海构图

1

当我还是个孩子，我爬上院子里的枇杷树，鸟衔来草叶筑巢。

坐在高高的树枝上，我看见山的另一面，云向更远处涌动，那时，你在干些什么？

你和一年蓬、小鹿一起越过边界，看过不同的风景，又回到你热爱的故土，尽管它一年比一年坏。

我在树上度过童年，你不知道世界上有我存在。

邻居小孩从屋里拿来一只海螺，贴在我耳边，我听见海浪的声音。

空荡荡的，什么都没有，只有海水在呼啸，风一阵一阵吹。

这是一条隐秘的通道，时间不停地走，打开的通道不会关闭。

2

我们又靠近一些，各自过着各自的日子。

五月，我走在青岛的海湾，地上铺满碎石，赤脚玩耍的男孩被划破脚趾。

这里是寂静的，石头被冲刷得光滑、发亮，棱角消失了，但它依然是石头。

粘在石壁上的贝壳不再是贝壳，失去了肉体，它就没有意义。从此，我有了一颗石头的心。

渔人的小船泊在岸边，装满一船礼物，鱼虾在阳光下跳，闪闪发亮，像银币，而海藻挂在船桨上。里面有一只死海星，我把它拿出来，放进海里。它从哪里来，躯体将回到哪里。

3

废弃的轮船一半在水里，一半在岸上。

甲板生锈了，有人来甲板上钓海鲶鱼，以海蚯蚓为饵，盐粒在月光下闪耀。

海蜇漂在水面上，和水一样透明，进化到极致就是把自己变得简单，无法藏污纳垢。

以海为生的，不只是渔人，一位东北男人皮肤晒得黝黑，站在摊子前吆喝，几十年了，他的吆喝声和潮水一同涨落。

没有人驾着小船，从远处驶来，婚姻不如意的姑娘坐在乱石堆里，什么都没有等到，摸摸隆起的肚腹，走回家。

4

你看过这里的柠檬桉、刺桐，吹过这里的风，走过这里的路。

那么，我也将成为你记忆的一部分？

石块砌成的小岛挡住了视线，贝壳碎片散落一地，海把人看老了，自己却从来不会老。

渔民肩上挑着渔网，裤管挽得高高的，向海水深处走去，他不会放走一条鱼，却会对陌生人挥动手臂，劝人上岸。

空空的芦苇秆埋进沙子里，变黑、腐烂，它也曾有过枝叶摇摆的青春啊。

厚藤在沙土里扎根，圆圆的叶片只仰望，不俯视，在谦卑里开出金黄的花朵。

一只掉落的空皮鞋灌满风，它的主人去了哪里？

5

这是三月末，风是盐和鱼虾的味道。

工人走进榕树的阴影里，躲避烈日，他坐在树根上，享受短暂的午休时光。

蓝色工装皱巴巴的，裹满泥，有洗衣粉的气味，工人想起妻子和母亲。

她们有粗糙的手，她们做饭、洗衣、扫地，用女性的力量让生活继续，她们终日在海岸编织渔网，把捕捞到的东西拿去餐厅卖。

从前，男人们离开故乡，她们挑担子、搬石头，用面纱遮住脸，把自己活成男人和石雕。她们是朴素的劳动者，从此，她们的名字与海有关。

工人在水龙头下洗净脸庞，闭上了眼，在梦里看到亲人和朋友。

月亮挂在柠檬、桉树枝上，机器轰鸣声此刻停止了，只有阳雀在树林叫，黑夜里开着鬼针草、马缨丹。

6

当世界上没有人，那会是什么样子？

草木将长得更茂盛，藤蔓爬满院墙，砖石和金属被植物摧毁，哪里都很安静。

一场灾难来临后，人们不再出门，海岸恢复平静，只有海古老的呼吸声。海龟摇摆着身体，爬上岸产卵，它可以安心地晒太阳，等待幼崽破壳而出。

红螃蟹从树林里爬出来，穿过寂静的马路，来到海边。

没有人和食蟹猴抢食物，它抠掉礁石上的牡蛎，用石头锤破牡蛎壳，把受伤的手指放进水里。

7

最古老的民族，在这里扎根繁衍。

他们用棕榈叶遮挡身体，用果实的汁液在脸上涂画符号，头上插着鸟的羽毛。

取出火种后，烧毁一片森林，用石头挖个坑，把玉米种子埋进去。开荒耕种，是生活的日常。

青铜，铁，武器，都不存在，他们用木棒圈养牲畜，用石头修建房屋和灯塔，在灯塔上祈求神灵，他们点上火，指引迷失在海面的人。

夜晚，他们睡在石头屋里，忠诚的猎狗趴在屋外，与黑夜、野兽搏斗。

星辰倒映在海面，他们坐在岸上，看月亮和星星在水里晃动，知道了星辰运行的秘密。

从这里开始，万物有数。

海岸岩石上刻下的文字，和石头一起在风中沉默，这是他们告诉后人的答案，无人能解，记忆和真相永远留在石头里。

一种文明将被另一种文明取代，没有人能改变结局。只有海不消失，岸上长出龙舌兰和新的植物种类，一群又一群人登上海岸。

8

西班牙港口，哥伦布从这里出发。

风鼓起帆，海水一望无际，天空也望不到边，云在头顶移动，没有岸的海面，只有海鸥追逐船只。

海水溅到甲板上，太阳照着甲板，他站在船头，相信还有另一个地方，住着另一群人。

他为什么要往东方去？一定不是为了看看东方的月亮。月光洒满船只的时候，就像闪闪发亮的宝藏。

他碰到一座小岛，上面长满树木，还有山川，鸟从枝叶间飞过，但他很失望，地下只有石头和沙子。

后来，他碰到更多小岛，成为第一个掠夺者。

更多人乘着船，带着铲子和口袋，登上岸。

暴力就是一群人赶走另一群人，带来了甘蔗林、锁链、鞭子。残酷的日子和海一样深，摸不到头。

哥伦布的船驶过加勒比海岸，海水击打高高的悬崖。

带走吧，带走吧，海浪说着预言，船尾终会在海水里腐烂，船头必将触礁，衣服和宝藏也会沉入大海，那些带回去了的，会被时间和虫子吃掉，化为一抔土。

诺布朗杰散文诗选

诺布朗杰，藏族，1989 年出生，甘肃甘南人；作品散见于《诗刊》《民族文学》《飞天》《青年文摘》等刊物；著有诗集《蓝经幡》《拾句集》；曾获过第五届甘肃黄河文学奖。

金嘎乌（节选）[①]

81

金嘎乌，心与心之间垒起的那堵墙何时才能捣毁？

如果我坦荡荡的文字回不到纸上，就用这些残存的文字洗我的心、革我的面。

我反复跑题，我反复语无伦次。

我反复用恨来表达爱。

纸是无辜的。

需要和气生财的，请远离我。我需要愤怒，需要咽下星星。

我需要借着黑暗发光。

不要用一堵墙提防我，可以的话，请用刀。

82

金嘎乌，没有灵魂的肉身过于单调，我用文字招魂。

雨下在需要下的地方，鹰落在需要落的高处。

只是我的出现，有点突兀。

有何不可——

---

①嘎乌：小型佛龛，通常制成小盒型，佩戴于颈上，龛中供设佛像。嘎乌质地有金、银、铜三种，盒面上多镶嵌有玛瑙、松石，并雕刻有多种吉祥花纹图案。

瞎子讨论光明，聋子分析声音，丑人研究美学。

我无事可做，在纸上瞎逛。

熙熙攘攘。空空荡荡。

说真的，我不愿写下卑躬屈膝的字。

我可能在纸上寻找什么。

比如，枪。

你见过枪吗？我觉得我就是。

83

金嘎乌，我说的已经够多了，有没有人也像我一样，只说不做。

语言也有悬崖。请三思。

但不要随便篡改我写下的真诚。

我时常混淆对与错的概念。让对的继续对，让错的照样错。

百年之前，有人提的某些观点可能是错的，遭到众人的嘲笑与指指点点。

百年之后，会不会又有人提出质疑，并将错误全部推翻？

当然，这并不是我所期待的。

字的尊严，有时候被禁锢在纸上。

我期待开锁。

84

金嘎乌，万物都有骨头。铁是刀的骨头，你是我的骨头。

我身上的一根骨头威胁着另一根骨头。

让他们好好显山露水去吧！我得努力藏好自己。

我藏在一堆字里默不作声。

文字是我身体的附属品。我相信一定会有人沿着我的咳嗽与喘息找到我，从我身体里拿走我的骨头。

我们都需要骨头。

没有骨头，灵魂就没有支点。

所以，字应该是纸的骨头。

我愿意用我的骨头，换取另一根骨头。

85

金嘎乌，长话需要短说，文字也忌铺张浪费。我让纸空着，就是为了迎接你。

厚厚的情需要薄薄地写，浓浓的爱需要淡淡地写。

我相信纸，同时我也怀疑纸。

虽然我用纸安身立命。

我时不时地感激文字，感激文字们为我出力、为我效劳。

我把不能放在纸上的字挑出来，攥在手中。

我视字为鹰，或为风马。

我欲放飞。

86

金嘎乌，我不要批判谁，也不要赞美谁。我写下的文字是钥匙，是用来开门的。

把无拘无束的思想放出来，把无穷无尽的欲望关进去。

仅此而而已。

众味难调，请将就着翻翻我，看能不能找到钥匙。

我知道好多人扑过来只是为了凑热闹，并不是为寻钥匙而来。

我见过的好多锁，并不是用钥匙打开的。

当找不到钥匙，就把锁撬开。

87

金嘎乌，句子是绳，捆绑着我。

面对过于喧嚣的世界，我朴素的爱发不出声音。

我成全他们、满足他们，是不是意味着我不放过我自己？

为了减少麻烦，努力写一些圆滑的字何尝不是好事。

为什么还要让字铿锵、让字有力？

我曾暗暗立誓：为难纸，为难字。

我的誓言太狭隘、太固执了。懦夫们也可以在纸上行走。

现在，我决定言而无信。

我决定收回誓言。

适当的时候，也学学见风使舵。

88

金嘎乌，那些只管往前冲的人，只有迷路了，才会偶尔回一下头。

我的回头过于频繁。

我也想毫无顾忌地往前冲，把身后的一切甩开。

可我办不到。

我一直迷路。人多的路上我不愿意挤，我在争议中讨生活。

过于真诚似乎并不是一件好事。

所以，我得拿出可信的谎言。

89

金嘎乌，我写到的乞丐，他们站着行乞。

我特意留了些词语书写他们。我不怕人们说我行文拖沓、词语累赘。

写作就是搀扶弱者。

我不知道我的这个观点到底对不对。

我要给乞丐黄金的心。

当所有乞丐都站起来了，还有跪着的人吗?

或许，还有跪着的人。

但我实在想不出还有谁在跪着。

或者，跪着并不是一件可耻的事。

又或者，跪着与乞丐无关。

90

金嘎乌，我写累了，好像没有丝毫要提你的意思。

我其实也没打算提你，我需要你来监视我。

我的灵魂无处依附。

你是我的镜子，我用你来看见我。

有时候，我写作不用大脑，只用还形不成拳头的手。

有时候，我胡言乱语。

有时候，我黑白颠倒。

我在文字里放火，然后灭火；在文字里号啕大哭，然后收回哭声；在文字里装疯卖傻，然后正常起来。

我用文字毁我，以树立思想。

这样妥吗?

陈劲松散文诗选

陈劲松，1977 年 6 月生于安徽省砀山县。作品散见于《诗刊》《散文》《青年文学》《星星》《扬子江》《花城》《作品》等刊。有作品收入全国幼儿师范学校语文课本及多部选本。著有诗集《纸上涟漪》等 5 部，散文集《提灯少年》1 部。

无相之诗（6章）

孤　独

孤，少年丧父；独，老来失子。这是人世间最悲惨的两件事了吧。

孤和独，两个小小的字，都有着巨大的阴影，被它们覆盖住的地方，似乎都愁云惨淡，冷冷清清，凄凄惨惨戚戚；每个字，都紧锁着双眉，它们体内弥漫的酸涩用一万倍的阳光能稀释掉吗？估计也不能。它们的脉管内，还有着世间最浓重的苦，它们就像一间最古老的中药铺，不卖别的，只有苦！那可是苦中之苦，是十万吨黄连浓缩成一滴的苦！

孤和独，像是两扇沉重的泛着潮气的木门，它们漆黑如墨，紧紧地闭着，如一个人抿紧的双唇。在这门外，却有人群排着望不到尽头的长队。每个人或轻叩门环，或直接推门而进，或破门而入，沉闷开合的门后是漆黑如墨的噬人巨口，进去的人，很多都消失无踪了，也有很多人出来了，步履比进入时轻快，手捻着一朵白莲般的阳光。

孤和独，如果合起来，就是孤独，就是大剂量的毒药，但毒性一般不会致命，有人避之唯恐不及，但也有很多人甘之若饴，有人用高脚酒杯一小口一小口地啜饮，有人用粗粝的大海碗无声地豪饮。饮用时，都是独饮，饮用的场所，也绝不可能是一场熙熙攘攘、笑语喧哗的大 party。

孤独，有人视之如耀眼的冠冕，有人弃之如敝屣。

熙熙攘攘的人群中，一个沉默的人，正逆流而上。

相由心生

平静的海面和叵测的惊涛，抑或是面色阴沉的暗礁，哪个是大海的“相”?

随意飘荡的白云和面色阴沉的乌云，抑或是蛇信般的闪电，哪个是天空的“相”?

虚怀的深谷和山顶那块踮起脚尖的石头，谁才是大地的“相”?

泥沙俱下的大河和环佩叮咚的清澈溪流，哪个是水的“相”?

怀抱的沙砾和缓缓送来的花香，哪个是风的“相”?

虚拟的乌托邦和现实的泥淖，哪个是世界的“相”?

怒目是金刚的“相”?

低眉是菩萨的“相”?

人群汹涌，众相纷纭。

白　纸

一方被大雪覆盖的土地。

白茫茫一片，没有内容。

它还没有被写上标语，还没有被胡乱涂鸦，还没有被标注上条条框框，多么自由啊，白纸，有着自由的呼吸！人之初性本善，纸之初，性纯洁，犹如刚出生的孩子，眼睛里没有一丝的阴翳。

一张雪白雪白的纸，在你落笔之前，它一直紧紧闭着嘴巴，在你落笔的那一刻，它就已经开口说话，是真话？还是谎言？是甜言蜜语？还是黑色的谶言？

是海誓山盟的情书？还是义正辞严的判决书？

抑或是呈堂证供的证言？

在你落笔的那一刻，一张白纸，有了摇摆不定的属性。

一张白纸，它的出身，是来自一束摇曳的草茎，还是一棵大树的枝丫？或者是，一棵思想着的芦苇？这些，不用去计较，现在，它那么白，而所有的白，都像是一种无辜。

一张白纸，在阳光下，它是白的；在深沉的夜色中，它也是白的。在它的体内，一直亮着一盏白色的耀眼的灯？

流　向

在大地上没有河道之前，水是怎么流的？汪洋恣肆，肆意奔流。

像一个在旷野上漫游的人，走到哪算哪。

像风，走走停停，不知道会吹向哪里。

文字也具有水的属性。

在一张白纸上，一个词语，在它落下的那一刻，它将引领着一首诗、一章散文、一篇小说最终流向哪里？

有时，连作者也无法给出答案。

寂　寞

一种感觉，或是一种情绪，如同钟摆般，在孤独和落寞间摆动，它有可能沉闷地把孤独敲响，也有可能让落寞发出金属的声音。

并列式的词语，没有从属关系，犹如夫妻，一个寂寂无声，一个落寞无语。寂是寂寞，寞也是寂寞，绘画一般，把浓重而沉闷的色彩涂了两遍。

王国维说："古今之成大事业、大学问者，罔不经过三种之境界：'昨夜西风凋碧树，独上高楼，望尽天涯路。'此第一境界也。'衣带渐宽终不悔，为伊消得人憔悴。'此第二境界也。'众里寻他千百度，蓦然回首，那人却在，灯火阑珊处。'此第三境界也。"

寂和寞，可是王国维先生说的前两种境界？

达摩面壁九年，姜子牙独自钓鱼十六年，他们没有说寂寞。

那个说寂寞的人，一开口，他的寂寞就已经被消解、被点破。

箫风散文诗选

箫风，本名温永东，1962 年生于江苏沛县，现居浙江湖州。作品入选《新世纪十年散文诗选》《中国散文诗百年经典》《中国散文诗一百年大系》等选集和多种选本。著有散文诗集《沉思的花瓣》《思念的花朵》，编选《叶笛诗韵——郭风与散文诗（三卷）》等。曾获“中国·散文诗贡献奖”“记住乡愁·世界华文散文诗大赛金奖”等奖项。

英模诗传（5 章）

——致敬全军十大挂像英模

我们不可能全都做英雄，总得有人坐在路边，当英雄经过时为他们叫好。

——威尔·罗吉斯

张思德

1944 年。陕北。安塞。

在一座简陋的窑洞里，你正弓着身子为挨冻的延安烧炭。

火热的炭窑映红了你大汗淋淋的脸，也映红了一片晴朗的天。

后来，你把自己也当作一截青冈木，投进熊熊的窑膛里，

化作一团红红的火焰，化作一块黑黑的木炭，化作一种燃烧的精神……

“为人民的利益而死，就比泰山还重……”

你身上闪光的思想和品德，凝练为五个金质的大字——

“为人民服务”！

从此，一个普通战士的名字，便走进了不朽的著作里，走进了一个政党唯一的宗旨里，走进了亿万人民真诚的怀念里……

今天，人们仍然经常念叨你闪光的名字，仍然经常重提那个温暖的话题，仍然经常思考“服务”二字的含义。

董存瑞

1948 年 5 月 25 日。隆化中学，枪声凄厉。

六挺机枪，似六个面目狰狞的恶魔，躲在一座桥型暗堡里，喷吐出一条条血淋淋的毒舌。

总攻，即将开始。勇士，箭在弦上。

挺身请战执行爆破任务的你，一如那包烈性的炸药，贮满仇恨，贮满正义，也贮满勇气。

二百〇六块骨骼，团结一心，撑起生命的支架。

你入党宣誓时举起的手，毅然托起沉甸甸的炸药包——

托起了十九岁的青春，托起了迎接春天的雷霆。

“为了新中国，冲啊!”

一声惊心动魄的呐喊，一声惊天动地的轰鸣，定格了你顶天立地的造型!

年轻的生命，与硝烟一起升腾；

英雄的精神，与朝霞一起升华。

如今，血与火的岁月，已成为纪念馆讲解员反复解说的往事；你手托炸药包的雄姿，已成为烈士陵园美丽的风景。

隔着世纪的风尘，我再次品读你壮怀激烈的故事，再次思索着生命的价值和意义……

黄继光

上甘岭。

1952 年 10 月 20 日凌晨。

夺取 597.9 高地的战斗异常激烈。看到战友牺牲、攻击受阻，你心急如焚，主动请缨。

“一定把敌人的火力点炸掉！”

你的双眼喷出烈焰，点燃心中复仇的怒火。

弹药耗尽，你没有退却；

身负重伤，你没有放弃。

你顽强地爬向火力点，雄鹰展翅般奋然跃起，用铁打的胸膛，死死堵住疯狂扫射的枪眼。

从此，你 21 岁的生命，永远定格在开满金达莱的上甘岭，永远定格在我军英雄辈出的史册上。

在这夜深人静的时刻，再次点击你闪光的名字，再次凝视你展开双臂扑向枪眼的英姿。

灵魂，又一次受到刻骨铭心的洗礼——

你使我懂得：有一种瞬间是永恒，有一种死亡叫永生。

和平的年代里，仍然会面临血与火的考验，仍然会面对生与死的抉择——

当森林火灾时，需要像你那样去——扑！

当堤坝决口时，需要像你那样去——堵！

当祖国和人民召唤时，需要像你那样奋不顾身地挺起胸膛！

邱少云

许多年前，我从小学语文课本里就认识了你。

再次凝望你的画像，心中依然激动如初。

一团熊熊燃烧的火焰，从1952年10月编号为391的高地，向我漫卷而来，将我的怀念灼得钻心地疼。

那颗罪恶的燃烧弹，点燃了你身边的茅草，烧着了你的棉衣。

呼啸的火焰伸出恶毒的舌，舔噬着你的头发、你的眉毛，舔噬着你的皮肤、你的血肉，舔噬着美丽的三千里江山。

你知道，不远处就有一条水沟。但你没有动，一丝都没动！

你咬紧牙关坚持着，把青筋迸裂的双手，深深插入烧焦的泥土。

你的心，与滚烫的大地贴得很紧很紧。

你坚毅的目光喷出怒火，与身边熊熊的烈焰一起燃烧，用生命诠释了“真金不怕火炼”的真理。

从此，“纪律”这个富含铁质的词，因你而闪闪发光，因你而有了鲜活的生命。

雷　锋

你的微笑，像春风一样温暖。

在你淳朴的笑脸上，灿烂着三月的阳光。

奔驰的列车上，闪现着你助人为乐的笑容；

繁忙的工地上，荡漾着你真诚奉献的笑容；

寄往灾区的汇款单上，绽放着你善良温馨的笑容……

在生活的每一分钟里，你都毫不吝啬地奉献着光和热。

燃烧自己，照亮别人，自觉地“把有限的生命，投入到无限的为人民服务之中”！

你的微笑，像金子一样珍贵。

在物质不断丰富的今天，有的人穷得只剩下金钱。

在他们眼里，你已经十分陌生。

真想用你把握方向盘的双手，为他们迷失的理想校正方向；

真想用你帮战友缝补衣被的针线，为他们残缺的人格打上一块补丁……

当一双黑手伸向乘客衣兜时，当一道淫邪的目光逼向无助少女时，当无情的洪水或烈火威胁人民生命财产时……

人们虔诚地呼唤着你的名字，犹如禾苗呼唤春雨，杨柳呼唤春风！

你的微笑，像真理一样朴素。

轻轻地翻开你的日记，我寻觅着你人生的足迹。

你仅仅走过22个春秋，却让亿万人把你牢记；

你只有一米五四的个头，却高高地耸立在人们心里。

你用短暂的一生，神奇地解答了伟大与平凡的哲学命题。

你的名字，是一种精神；

你的日记，是一盏明灯。

我好想与你同行，怀揣着你动人的微笑，把你的故事延续……

宋晓杰散文诗选

宋晓杰，1968生于辽宁盘锦。作品散见于《人民文学》《十月》《诗刊》等数十家刊物；已出版各类文集《忽然之间》《暖暖的星星索》《我的湿地鸟类朋友》等20余部。曾获第二届冰心散文奖、2011年度华文青年诗人奖、2009冰心儿童图书奖、第六届“中国·散文诗大奖”、首届“紫金·江苏文学期刊”《扬子江》诗刊奖、辽宁文学奖等多种奖项。

望向荒野的窗口（组章选 6 章）

——闲书房笔记

荒野正在生长

——当我写下“荒野”之时，其实，我已回到人们中间。

我收起“野”性，还原为别人希望的样子；我封存心中的“荒”，希望它的空与不确定，时时把我充满。

荒野正在生长，像一头奔徙的野兽，蔓延，吞噬，使空寂和苍凉站了起来——人，必须匍匐在地，朝向生养万物的神，顶礼，膜拜。

荒野被浓荫松松地、草草地覆盖，如时光设下的埋伏，虚拟地围剿、戮战、左冲右突。四野铺陈、拓延，杀伐之声不绝于耳，你可否听见？谁将是最后的安泰，谁将在光阴的追索与流逝中，完美胜出？

我身无长物，没有田垄，没有技能，更没有先知的睿智与超验，仅有作为人无法逾越的边界与局限。没人知道我的局促与不安何等灼烫，而无处安放。然而，荒野自天边向眼底，滚滚奔来——

荒野，如巨大的消音器，吸纳、消解了杂音，涵养万物；荒野，如激荡的洪流，把人世的浮萍、草芥和喧嚣带走；荒野，是自然的殿堂，无穷大的窗口和精神的粮仓，把饥饿的灵魂喂养。

荒野正在生长。我像一条搁浅的老木船。黎明，升起于左肩；黄昏，栖落于右臂。我不再涉江渡海，不再信誓旦旦。我见到的每一天，都是古老的一天；我遇到的每一棵草，都是远祖和先贤。我是一个褪色的人，需要它提供补给，并以此充氧、补钙；需要依靠它清空、贮备，再度创造，以至无穷。

荒野正在生长，守着自己的秩序，有倔强之美、冒犯之美。大地如看不见的轮盘，我旋转着缩小，缩小，约等于无……人类建造房子，身心得到蔽护。恰恰正是因为紧闭的房门和漂亮的屋顶，人类失去了野性和力量。

风声细细，吹过荒滩的芦苇彻地连天。一根芦苇侧了一下身，如巨人翻动一页书，窸窣作响。河边的湿泥黑亮，如滚烫的沥青，衬以斜阳烫金的封面，使沉潜的思想冉冉升腾……

我的目中无我。我的声息全无。荒野的荒，使我安宁；荒野的野，使我警醒——如戴罪之身，我不悲伤，不自弃，不计划，不问询。心空浩荡，坦露心胸，慢慢在大地上，生长、修行……

我要珍藏好“荒野”

首先，我要找到一个词，把自己打开，并借它发声——像大河中的波浪，像荒野中的草海，徐徐，缓缓，激起微澜，诉说诸多不可能、不可行。

没有什么骄傲可言，我两手空空——我熟悉的，也是我的陌生。

推开窗子，熟稔的微风拂面。我终于认出，那是吹过我童年的风，它也吹过我的中年，还将吹过围墙外鲜润的蔷薇、茂密的葡萄藤，吹过庭院中扬着小脸的凌霄、萱草，吹过檐下的锄杖、磨盘和古井。它来自荒野，来自不易察觉的清新之所，在水土、习俗与生生不息的血液中，欢快地相拥。

我早就熟悉这样的场景。可是，我不说，我悄悄藏着它的宿命。它像我的私家花园、秘籍词典，只对我有用。请原谅！我是个单数的人，但性格双重，如一体两面的双子星：既祈愿老守安谧的家园；又常常离家万里，像孤独的狼，渴望在荒野中踽踽独行。

于是，我珍惜雕花的围栏、行行秧苗和鸡鸣犬吠之声；看到断桥、废弃的铁轨、通向天边的泥泞小径时，也常常泪光盈盈。

我要珍藏好“荒野”，它是我退烧的药丸，也是我萎靡时的火种；是我解毒的利器，也是我续命的清泉。我要珍藏好“荒野”，像怀揣宝藏的孤胆英雄，在人潮中秘密潜行……

我不是归来，而是从未离开

还不到立秋，我已提前感知到秋的意韵——我不是归来，而是从未离开，不管我的脚步是否挪移半步。以心灵的密码计数，我的心中充满了时间。

此时，正是北方疯长的七月。二候，土润溽暑；三候，大雨时行。干净的雨水如约而至，洗亮了树的叶片、花的根茎。有晶亮的珠子在叶片上滚来滚去，有神奇的汁液注入了纵深的根。

淅淅、簌簌、叮叮、铃铃、潸潸、潇潇……这些孪生的雨滴，以双倍的加速度沉沉下坠，让枝叶无法承受。那就落吧！太多重复的日子，我无须仰望；太多相似的面孔，让我忧思丛生。

黑眼睛的葡萄，清纯而无辜。踮着脚尖儿的喇叭花，最先看到了黎明。火红的辣椒引燃了丰收的夜晚。玉米以集体倒伏的形象成为檐下悲壮的良种。挑灯，践约，送夏日一程。于是，阡陌纵横的旷野，还给了饱满的荒，还给了巨大的空。

而后，鹤鸣于野，鸿雁南行，黑嘴鸥神秘地于立秋前的某个夜晚集体失踪……珍重！珍重！高高举起的美酒，是荒野动荡的心脏，沉寂而沸腾——倘若不是我，还有谁与你在时间的罅隙里，亲密地呼应？

白净草原在遥遥呼唤。天使，望故乡，注定了必然的回航——我们是如此相似，依靠细节为生，内心庄重而笃定。

这时，在河边的高枝上，我看见了白鹭：白鹭的长喙乌亮、铁青，是表达，也是武器；白鹭的蓑羽纤尘不染，是审美，也是脾性。它的离去，是为了终将归来——天空与大地，是共同的前程，不同的路径。

稻田里，一棵孤单的树

天地之间，茕茕而立。一棵树，就是所有的树。这迥异于俗常的物种，是不是某种寓言和昭示？

秋日盛大，我却看见你一步步远离，背影深远，自带深邃、圣洁之光。所到之处，湿润，微凉。

绿油油的水稻田里，空无一物。一棵树，破空而来。朴素的生活与深刻的哲学之间，隔着怎样的江河？一棵孤单的树，代替一个人，坚守着曾经的誓言，一段消殒的青春，一个逝去的故事？万籁俱寂，群鸦栖落。讲故事的人已经离开，而故事久久不散，在风中传扬……

肯定有一个美丽的传说，赋形于它。你看那伸向四野八方的枝蔓，划着圆满的弧线——它要网住什么？是什么无法释怀，无法触碰？

也许一个人与一棵树，是同一个宗族，同一类物种。这样的互换，是不是神的旨意？稻田里一棵孤单的树，是我灵魂的对应物，它一动不动，却帮助我发现了久远的“文明”。

它接纳了沸腾的云朵、滚自天边的远雷，静待在别人继续向前的寂静之中，直观地告诉我：我有野地和废墟，将说的话不可说；不可说的，终将成就理想——稻田里的一棵树，它的旗语正如布罗茨基的箴言：献给无限的少数人。

汪洋的七月，雨水明亮

这个七月，我也是一条涨潮的易感的河流，澎湃，汹涌，毫无原则地脱缰、溢漫，彻夜未息。彻夜未息啊。

“如果洪水再次席卷大地，我们将和所有成对的生命乘上方舟，和蜂蛇一起也和大象一起，和那些受损的无辜的生命一起。”而我，不能……

忽然醒转的夜里，双目如灯，心似倒悬。水，滋养，也淹没。像我爱窗前的夜晚，它也让我掉进无底的黑洞……

雨水明亮，无心静听它杂沓的弹奏。那一方，却如闪亮的刀戟，刈害、毁灭——像敞开的荒野，不露牙齿，不留痕迹。啮食，轻轻地啃。

隧道坚固，雨水汪洋。河流无意于泛滥；决堤的，毕竟是薄弱的人。

郝子奇散文诗选

郝子奇，河南鹤壁人，“60后”。作品散见于《诗刊》《星星》《散文诗》等全国刊物，诗作入选《中国散文诗90年》《60年散文诗精选》《河是时间的故乡》《中国当代优秀散文诗精选》《中国当代爱情散文诗精选》及多家年度散文诗选本。著有散文诗集《寂寞的风景》《悲情城市》、诗集《星空下的男人》等多部。散文诗作品多次在全国性大赛和刊物获奖。

找光的人　在岁月的夜色中走着（3章）

归　来

1

浮云已经苍老，天穹正在孕育着新的事物。

星辰转动，有一些碎片脱落，擦出火光，被游走的灵魂取走。

夜，太老了，需要年轻的灯，发出光来，照亮皱纹里的秘密。

2

大地上，辽阔是老的。青青的麦苗，仍是千年不变的姿态。

麦田里，有劳作的像是游走在千年之前的先人。他们被现代的雾霾所困，这是新的压迫。他们不停下劳动，在古老的土地上，寻找着新的地方，放下丰收的梦想。

3

呼啸的高铁，是新生的事物。它们在老的铁轨上，跑出了新的速度，仍然不能取代乡间小路上悠然的马车。

马车上的老人，有着慈祥的旧貌。

4

古老的河床。

新的流水在漫不经心地走着。水面上的皱纹，并不是老态。新的微风落在水面，或者醒来的水鸭正在试着翅膀的力量。

水草老了。刚会游走的小蝌蚪，长出了新的尾巴，它们还要长出新的四肢，才能跳上岸，藏在一块石头的后面，躲过新的攻击。

5

寻找新生事物的人，都走在古老的路上。

沿着古老的道路返回的人，都在寻找新的归宿。

归宿是古瓦片上被斜阳镀金的鬼棒棒草。

归宿，是风干的老泥上爬满蚂蚁的燕窝，是生锈的挂在柴门上的铁锁，是失去锋芒的一把锄头，或者镰刀，或者

冰凉的土炕上散留的白发，已经很久都没有咳出来的沉重的咳嗽。

6

我是走在归途的人。

新的归途，我已经老了。

老的房子。老的街道。跑出来刚刚会问话的孩子。

看着我新生的白发和皱纹，问一声：你找谁？

找谁?

找过去的日子。淡淡的云雾退下山岗，还没有从弯弯的山道上走远。

找走散的亲人。被风沙抹平的坟丘上，开满了凄迷的野花。

房子，空空。街道，空空。一扇又一扇的门。

我找什么呢?

7

归来。我已是陌生的新人。

小院里，想着我的第一声啼哭。

那是上午，父亲们正在地里劳作。

禾苗是新的，它们在吮吸着还没散去的雨水。

像我被瘦弱的母亲抱着，喝到来到世界上的第一口奶水。

8

雨水走散。收割后的庄稼留下了新的种子。

而我也是被收割的一棵庄稼，能留下什么呢?

9

夜色弥漫的时候，

星光亮着。

找光的人，请抬起头来，坚定一些。带着新的事物，走向光。

寒　露

夜里。站得很久的人，终于

看到了在黑暗中泛起的白露，含着星光，正成为大地的眼睛。

这个时候，该隐藏的，就不要再现身。就像枯败的草秆，把种子隐藏到泥土，等待再度蓬勃的时刻。现在，这个世界衰尸横陈，冬天正在走来，我们需要好好活着。

这个时候，已经呈现的，就完整地裸露吧。就像秋后的土地，呈现出母性的子宫，等待可以抗拒寒冬的种子长出麦苗，气象万千。如果我们成为其中的一片叶子，一朵小花，一粒尘土，就已经有了足够的意义。

大地沉睡。而我在一个楼的高处，醒着。

万家灯火，渐渐熄灭。任何辉煌都有暗淡的时候。

一滴露水，背负着规律，它的滴落，整个人类也不可抗拒。不可抗拒这卑微的规律。

这个世界，温暖是珍贵的，尽管需要的灯火在远方。

看到寒露的人，不会放弃对温暖的追求。

我追求这样温暖的理想，让一滴露珠慢慢呈现，淹没我，成为这个时刻不肯闭上的眼睛。

天空辽阔。万物纯粹。

唯有悲悯，泪水般潮湿，在枯叶纷纷的大地上，成为寒露，成为怀抱着星光的器皿。

夜　色

无边无际的夜只有月光，可以掩埋所有的黑。

这个时候，我愿意掏出孤独放在一小块被月光照亮的地方。

有一些花，躲开喧嚣开了，绽放的声音惊醒了蝴蝶闭合的翅膀；有一些花，正在飘零而没有人知道，这最后不可抗拒的悲伤。

我在月光上看到了，一些秘密的泗渡。
飘向暗处的时候，多么像我行走的影子，
水一般的月光，裸露出所有的事物。

苍穹呈现着星星的光。
所有的开始和结束不声不响。
像孤独的风路过的时候，拍了拍我望不到的远方。

方文竹散文诗选

方文竹，安徽怀宁人，“60后”；先后在《诗刊》《星星》《散文诗》等刊物发表作品。出版散文诗集《东方海贝》《美人香草》、散文诗理论集《建构与超越》；获“中国当代散文诗作品集奖”、第二届“中国·散文诗大奖”“2013中国散文诗排行榜”榜首等荣誉。

月牙湾（6 章）

下半生

那些年，我拼命地收集——

童年的滴答的露珠。青少年的走动的风景。中年的微弱的喘息。理想的风帆和把手。蹲在墙角的翅膀。处于半睡状态的天使对应物。孤独主义的黄昏。幸福的水位。命运的火焰。与物对抗的词语。摇摆的肯定或否定的暗中雷霆。异域的花朵……

当我把一切看淡了，看轻了——

它们开始收集我。

早春的风

在一张脸与另一张脸、无数张脸的翻卷间，我跟着她，察言观色。

我学着她的步子，轻轻、轻轻地。

宛溪河水荡漾着细密的象形文字，是她带来了完美的修辞。而我将萌出的幼芽连缀成一篇美文，独自吟诵。

将一些词句吹走。
将一些词句吹回。
跟着她，走走，回回，让我看见——
世界的侧面、多面。而在暗处，大神的发货，一刻不停。
珍藏呈现——
人类在领取、解读、吸收，与万物互动。
——谁若不愿意伸出自己的枝叶，我跟他急！

我跟着她，擂响时间的鼓。

童话被吹出了一个小窗口。我跟着她，望过去：现实的大地上，她走过的地方，点石成金。
而她，依然不停地磨墨。我跟着她，写下去。

杀梦的人

一个杀梦的人，滑行于现实的康庄大道。
用一种震颤代替另一种震颤。

夜间的鲜血呢？她找到——
黎明。一袭飘逸的白色练功服，公园之一角。开启一天的加油站。旭日伸出无数嫩红的手指，抓挠大地！
歌声和掌声，还是模仿了一幅梦的画。
尽管命运，运用过乌鸦的嘴。

醉生梦死：一种错误代替另一种错误。

她劝他：多往梦里塞进土壤吧。百花盛开的国度，是对现实的补充。

他庆幸为星辰留有一笔。

最后，他杀向自己。只不过，那是另一个自己，或自己的另一半。

他用的是：现实的屠刀。而现实，不过是梦的技艺。啊，这无比广阔的训练场。

但，未来依然是梦的孩子。

她

她轻轻地走——

有人说像荷，有人说像月，有人说像风……就是拼不出一个完整的画面。

她轻轻地走——

有人说像动词，有人说像副词，有人说像形容词……就是写不出一个美丽的句子。

淡如菊的远景中，有人看见了时光的插花：一只白鹭离奇地降落于甘心街7号院门前的石狮头上。

在词与物之间，她时生时灭，这毋宁说，在月牙湾，读她，就是读生活！

老屋记

不知是时间抄袭了它，还是它抄袭了时间。

不知何年何月保留至今的一间旧房子，城市改造消灭不了它。它夹在中等楼房群中间，像一位蜷缩的老人，不起眼却是大起眼。

复数中的异数——孤立！不向美低头，却成为美。

高高的星空下，一根裸露的琴弦，等待有人来弹奏。

陈旧的墙缝里伸出的花草仿佛在向世界逞强，抖着小威风。

里面的空，仿佛透露出对时间的不信任。

喧嚣的城市，少有人理会它。

唯有有心人投去一瞥。

有时斑驳的门吱扭一声开了，探出人头。原来是一位蓬头散发的老艺术家的蜗居之所。

啊，老屋，现代文明的隐居。

雪　天

从天而下，雪花簇拥着，像话语——

一遍一遍地说，一句一句地说，一字一字地说……连句，连篇，无始无终。

说了一整天，说同一个字，说同一句话。重复地说，等于什么也没有说，说了还是白说，白说还是说，白白的说……一片雪花是白白的说，无数雪花是白白的说。整个世界是一片白，白白的世界。

说得白白的，这就够了。

说的白，就是我要的白。

城郊的加油站。一抹细微的白的转折。我看到天际线的象群，渐渐地涌向人间。

走出家门，从多彩进入单色。站在雪天里，站在白里。有人说我是一个黑点，有人说我是一幅画。我将白的抒情移向广阔的世界和丰富的心灵。

小于一。大于一。

关灯以后

关灯以后，世界失踪，就没有常说中的光明和希望了，也没有向前的道路与方向。

没有了麻将桌子、侄女的作业和讨价还价的文件。

整个世界歇息了。不过，思想还在运行，男女还在相爱，阴谋还在密谈……那是谁？手捏闪光的星粒，在黑暗中奔突，将一滴泪水当作大海。

整个世界歇息了，让刀子生锈，杯水凝固，工程停工，舞蹈归于人体，看不见文字和图画……黑色像无边的腐蚀剂，想把整个世界腐烂下去，直至废墟。

一个人在大街上走着，不用担心藏着尾巴了。

堆雪散文诗选

堆雪，本名王国民，甘肃榆中人，“70后”。作品散见于《诗刊》《星星》《散文诗》《解放军文艺》等刊物；入选《新中国60年文学大系》《新疆文学作品大系》《星星50年诗选》《祖国万岁》等文集。著有诗集《灵魂北上》、散文诗集《风向北吹》《梦中跑过一匹马》。获第十一届全军文艺奖，第十一、十二届昆仑文艺奖等。

如梦令（5 章）

半壶纱

水，已不能表达敬意，茶亦不能。唯有壶，还在那里。

喝茶的人走了，留下温度。留下的水，只有倒了。泼在地上，成为脚下的黄昏。

最初的水，明媚如清晨，从光影里，纷至沓来。最初的清晨，因为内心的欣喜，腾起热浪和水汽。

其间，音乐像茶叶，时而沉淀，时而悬浮。有人里面看出人生，笑而不语。

猜不透一壶茶，看不尽一杯水。聚时，品着时间；临了，揣走人生。

抱着一座山，呷着一湖水。或开口说话，或彼此对视。时光在此，几近凝滞。故事与故事，有着足够远或近的距离。

有壶，就有人烟。有水，就有忘川。世间万物，值得在《半壶纱》里激荡，颠沛流离。

温过《半壶纱》，爱过一个人。心底，曾经全是山水。弹不响，说不出，都怪自己。

现在，我也要走了。谁来招呼，后来的客人？

闲庭絮

它飘过时，如光，或是对光，漫不经心的解释。

廊檐间的空白，足够落下一棵树、一个人的一生。

春末的午后，有多少绰绰人影，得到风和云的加持。

桂花开始落了，窗外，淅淅沥沥如雨。目光，依旧在空气中，来回穿行。

所谓闲庭，不过是一片又一片久久不敢确认的寂静。

琴声已老，多像满头白发，披下来，是我；绾上去，是你。

仿佛命运，在最后一刻，遇见最接近远方的自己。

半盏茶，还没吃完。一盘棋，还没下完。人已起身离去，没有谁去收拾，风留下的残局。

院子很干净，像是铺了月光。桌子很干净，像是刚刚抹过。灯下的信纸也很干净，至今没人来，留下片言只语。

一个上午，鸟没有叫。一个下午，瓦没有响。一个晚上，星星没有眨眼睛。

也没有人，突然推门进来，走进一抬脚就会纷乱如麻的光里。

没有人开口问：院落堆满白云，主人去了哪里？

忘尘谷

听说有一条山谷，可以避世。久居，能够忘掉你们。

多好的去处，我想去。多美的山谷，奔腾的溪流两畔，长满含羞草和女贞子。

石头下睡着野兔，芦苇里藏着山鸡。布谷鸟边飞边叫，不为耕耘、也不为播种。风牛马在同一片高坡吃草，岩畔的白云，多半是羊群。

只见炊烟，不见屋顶。只闻犬吠，不见柴门。一条弯弯曲曲的路上，走失的，除了呓语，还有星辰。

没有饥饿，也没看到日影。田野只是梦里不大不小的一块补丁。没有寒冷，也没有冰川。雪花只是撞进怀里的一片片思绪。

听说越入山谷深处，就越会忘了过去。多么好！多少人想卸掉缠在身上的包袱。

尘世嘈杂，多么需要一条山谷，一条越走越深、越走越空的山谷。我们一路结伴，边走边丢。

听说有一条山谷，可以忘情。如果久居，还能摆脱尘土里的名利。还会像草木一样，生根，发芽，开花。

如果有幸结了果实，就会像忘掉红尘一样，忘掉自己的姓名和身世。

浮年盏

谷物浮动的年景里，有人醉倒在杯盘狼藉的桌旁。

无边的田野，早有大片大片的牛羊介入，开始捡食秋风过境后的残局。

云朵朦胧，逐渐抬高。天空像是蒙了一层薄雾。大雁开始南归，在高空，不断变换古老的队形。有人高不可攀，有人望其项背。

乐队解散，吉他手独自来到路口或天桥，开始对着路人弹唱。吉他手怀念过去，也倾诉现在，随着跌宕起伏的旋律，忘情的表情，愈发感伤。

人群里，有人走散，有人失恋。有人毅然另辟蹊径，自始至终没有回头。

我暗自欣赏那些内心坚硬的人。即便是倒在酒里，他们也没有完全放弃自己。他们深谙那个酿酒人的初衷。

还有一些人喝着茶，说着不痛不痒的话题，谈着无足轻重的过去。在他们眼中，命运不过是一杯不浓不淡的水，喝干了，再把它添上。

谷物浮动的年景里，总有人醉倒在杯盘狼藉的桌旁。

有人用酒精卸下灵魂与肉体的自重。有人在茶里，打捞漂向下游的船只。

忆江南

细雨凭空而来，在一朵朵伞花上找到韵脚。三月或是五月。

我看到，曲折回环的深巷，雨水濡湿的石板路，平平仄仄的背影和脚步。

石桥弯下腰，等人走过。弧形的倒影，在斜雨里渐渐模糊。

古典的女子，在风里回眸，在雨中微笑。淋漓的木棉花或夹竹桃，像是被泪弄湿的腮红。

那枫叶也是红的，酷似摇摆的裙裾。长久的守候中，片片都是彼此会意的信物。谁都知道，总有一些植物，借着雨势尽情燃烧。

青砖灰瓦白墙的阁楼，一定有绿萝与雨声同时垂下。垂到窗户，垂到阳台，最后垂向河面和梦中。

水面上，风声雨声交织。在此期间，自有船只舶来。一斗笠，一蓑衣，一支竹篙划过的欸乃，像是古镇从未看清的表情。

源自摇曳的竹林的书声，在风中渐弱为模糊不辨的字迹。书案上，有人泼墨，有人描红。

一抹琴声，最初起于指尖，细听又似来自苍茫的屋顶。河水因风雨涨潮，侧耳，又仿若隔墙或屋顶偷听。

芭蕉叶下，不时有鹅身探出。梧桐树上，鸟鸣突然停止。鸭子游向岸边，鸳鸯躲进花丛。船舷上，没有站稳的鸬鹚，顺势扎进雾中。

风，吹响了挂在檐角的风铃。雨，拍打还未亮起的灯笼。一个早晨，或者时近黄昏，整个古镇都在烟波里摇摆不定。

透过支起的木格窗棂，我在一座阁楼里兀自愣神。此时身外细雨蒙蒙，玉珠不停。

我所目击的七十二条烟巷，从未如此幽深。

李松璋散文诗选

李松璋，1959 年生，黑龙江人。著有散文诗集《冷石》《寓言的核心》《愤怒的蝴蝶》《羽毛飞过青铜》《在时间深处相遇》及小说集《对影记》等；作品被收入多种选集、选本。曾获深圳市第四届青年文学奖、天马散文诗奖、中国新归来诗人奖、2018 中国·散文诗大奖等奖项。现居深圳。

在场的短章：你还在倾听吗（8 章）

有分寸的告别

不再晴朗的话语穿透彬彬有礼的客套。

空气受伤了。一只断翅的鸽子，在我们中间摇晃。话鲠在喉咙，咕噜，咕噜。

可望而不可即的果林。看不见果实，只闻到果实的气味。它们隐藏在枝叶间，仿佛是我们此刻该说出的告别。捉迷藏的期待挂在悬而未决之处。

黄昏的沙尘暴滚滚而来，遮天蔽日。黑夜把大麾悄悄打开。

两块石头

一块石头挨着另一块石头，

相互激励着，抵挡海潮自深海带来的不可测的诱惑。

它们像孪生兄弟一样并肩坐在一起，皮肉和骨骼都被粗糙的生活之水磨砺得异常坚硬。悲伤的汉子，内心里贮备了足够多的盐和苦味，但绝不以眼泪的方式流出去。

它们在等候一个消息。一座黄金的山峰，正在它们前方的海底悄悄上升！

名字的来历

涂黑自己，潜入夜的无际高墙。

去为百千只鸟寻找一个明证：黑夜，如何绑架了光亮，让它们美丽的翅膀变成了同一的颜色？

还未及深入夜的核心，它便暴露了，被夜的黑衣杀手追赶，子弹如流星般呼啸，一路逃亡到黎明的窗口，奋力一越——阳光刺目。莫非一场惊梦？

重新看见羽毛色彩的百千只鸟，好像什么都没有发生过，在树丛花间，在水泽沙岸，沉浸于自我欣赏的快乐。叽叽喳喳，甚至开始嘲笑它永远洗不掉的身上的黑夜了。

它成为一只逃出黑夜的乌鸦，声音也已经嘶哑。

每一声嘶叫，说的都是黑夜的隐秘，并永远背负黑夜的污名。

我们走在大路上

时间放牧着我们。它不必挥鞭驱赶，我们都会匆忙而自足地走向自己建造的墓园。

如羊群走回圈栏。

平坦大道只在帝王的许诺里出现过。偶尔也会在我们的梦里惊鸿一瞥，但每一次，都被吓出一身冷汗！

在偶遇的河边，喝几口带着冰渣儿的苦难。苦吗？凉吗？

放心，我们学会了微笑着把任何难咽之物一口吞下去。

灵与肉，需要那样的中药来滋养，富含钙和铁。

为此，脊梁才没有弯曲成歌颂黑夜的弓弦。

只有马尾，正荒腔走板地将黑夜唱成灿烂的白昼！

历史总在重复

边塞的暴风雪，在遥远的唐诗里呜咽。一首琵琶曲，如裂帛。将士不归。

城头的旗帜被狂风撕裂，城门紧闭，门轴锈损。一把老骨头吱嘎作响。

饮醉的将士踉跄起身，整理战袍，迷离恍惚地要为摇摇欲坠的国家去征战了。

王的寝宫很深，深到听不见墙外沸腾的民怨。

王的妃子很美，谁家的女儿啊，早沦为日夜思君的寂寞特供。

一只乌鸦，两只乌鸦，一群乌鸦盘旋成一个很近的象征。

小巷深处，风雪穿透的草房里，一个衣不蔽体的女孩，正蜷缩在角落里哭泣！

你，或是我

不是你还会是谁？

那个孤独的、长大后便失去家园的孩子。那个黑夜，那个沙堆，那个灯火照耀不到的屋门，那些被父母、亲人叫回家去的伙伴！

黑夜吞噬他们。河水带着石头和鱼，去了比星星还远的远方。你不动，在原地惊恐着。同样的黑夜。但黑夜的网在匆忙中似乎漏掉了你。是一粒萤火捅破的漏洞么？黎明，你变成一棵瘦弱的小树，胆怯地把根扎进干燥的土里。

鸟儿听见你的心跳，衔来清香的雨。你睁开眼睛，认领了远天温暖的朝霞和破碎的村庄。

不是你还会是谁？

垂钓者

巨大的钢铁之鸟暂时停止了对他的追踪，在楼后面的空中，在看不见的仿佛存在的树枝上，纹丝不动。

太阳的光芒被它遮住。天空关上一道门。

他知道，自己并未逃离它目光的绳索。他是钩上的鱼，看上去还在游着，但已经与自由无关。一条鱼的生死，取决于垂钓者的心情。

总得朝一个方向走过去呀。巨鸟威严地提示着，翅膀拍打的声音，震碎耳朵里的玻璃。

也许是因恐惧而生的梦境？雨后松林里拱破腐叶的浑圆蘑菇，在潮湿的黄昏里，散发毛骨悚然的清香。

一颗种子

你驾着雪白的、毛茸茸的小伞，正想在一块松软的土地上落下时，一阵轻风又将你刮到天上去。

风改变了你的命运，风改变了许多生命的命运。风在改变你的命运时，亲切而豪迈地说：你有能力飞得更高！

其实，它早已暗暗为另一些名叫稗子的混混安排了这块地方。

御风的人又是谁呢？一挥手，天地风雨大作。

你继续去流浪吧。村庄破烂的屋顶刮伤你的脚踝。村路上，荷锄归家的女孩温柔地看了你一眼——本来，她会是将来某一天用手指握住你的那个人，她的命运也会因此而改变。但她只是看了你一眼，像每天看见庄稼看见云朵看见溪水一样。她手里握着一把沉重的镰刀，分不出手指去握你。

与其说你在继续飞翔，不如说，风还在掌控着你。看见你无处可依，神情惊恐，它一脸坏笑。

梦天岚散文诗选

梦天岚，本名谭伟雄，湖南邵东人，“70后”。作品先后入选数种年度选本和排行榜。出版有人物传记《老子》《周敦颐》《王夫之》、中短篇小说集《单边楼》、散文诗集《比月色更美》、散文集《屋檐三境》、长诗《神秘园》及两部短诗集。

十月山林（6 章）

松针掉落

松针的掉落并不比一根绣花针重，也不比松开的死亡轻。

松针掉落的时候，太阳正忙着下山，太阳充血的眼睛里也含着一根松针。那该是一种怎样的不舍和刺痛。

在十月的山林，一根金黄的松针只是掉落。可是十月，因为一根松针的掉落才有了不同的划痕。仿佛时间本身也害怕遗忘，需要以这样一种方式记住。

一根松针在空中翻转，它没有一片树叶掉落时的招摇和飘逸，也没有一根羽毛掉落时的灵动和优雅，它的掉落几乎没有人能够看清。半空中，一只正好掠过的山雀叼走了它，以致它并没有像其他的松针一样，悄无声息地掉落到地上。

一根松针向着更高更远的地方飞去，一只山雀赋予它箭的速度，从一片树林到另一片树林，从一个山头到另一个山头。最后，山雀降落在一个树洞边，它将嘴里叼着的这根松针塞进了树洞，那是山雀为自己筑的巢。

一根松针的掉落里隐藏着一个传奇——它收敛了一根松针的锐利和锋芒，让自己不再掉落，还由此变得柔软。

对于一只山雀而言，这柔软里还隐藏着不为人知的温情。

在浓雾中穿行

山顶的浓雾跟在一场阵雨的后面，说来就来了。

在浓雾中穿行的人，说不见就不见了。

天和地陷入短暂的虚无和空蒙之中，只有山中的树木如同慢慢浮现的黑影，有时像人，有时像由一群人构成的岛屿，在云海中沉浮飘移，看似真实得有点不可捉摸。

你没有停下自己的脚步，这是你此刻唯一能够确认的。

你的行走更像是一种练习，时疾时缓，带着几分无惧和犹疑，被浓雾包裹。直到浓雾变淡，再慢慢地散去。

你突然奔跑起来，这说明你害怕停下，害怕由一个外在的世界重返自己的内心——那里的浓雾从未散去，你试图用坚定的奔跑让自己变得清晰起来。

可当你终于停下，那些沾着水珠的枝叶会再一次变得模糊，仿佛所有清晰过的事物只不过是一种假象。

只有浓雾，愈来愈清晰，这种看不透的清晰里时常会传出一种异响，那里有一个人的心跳和一副不被俗世惊扰的肝胆。

十月山林

阳光携带着银杏叶般的油润和灿黄，在山林间反复涂抹，那通亮处，阳光自然会有阳光的渊薮。浮云则如同野鹤，有着雪白的羽翼，飞得悠然自在，浮云固然有浮云的心得。风便是刚刚好的微风，长发披肩，穿一袭亚麻长袍，轻轻地来，又悄悄地去，仿佛没有什么可以惊动。

至于那晓月和秋河，一个在天，一个在地，一个悬于高处，一个向着远方，两两相对，又兀自流淌，且都有一副温软如玉的好心肠。

此时再来读海德格尔的《林中路》，十月山林才有更多的落叶和枯枝静候于小径，亦可幽游漫步于闹市，甚至在人心的最深处，等待寻访者的脚步声将它们一一唤醒。思和想原本皆是不羁的活物，或奔走于旷野，或穿行于丛林，或高蹈于云端，或舔着各自因碰撞带来的新伤，在这里痊愈。

十月总是怀揣着它留给人间的礼物，拒绝歌颂。那是星光和露水共同映照的，也是大地和山林精心奉上的。累累果实悬挂，不是金黄，就是彤红，如同偏西落日，如同不曾辜负的晨曦，又重新回到原来的枝头。

碎碎念

山稔子在晚风中摇曳，它结的果实熟了——一个个紫色的小灯笼。它们照见了什么？又是什么因为这样的照见而在枝叶重重的低处窃窃私语？

是山中的涌泉，这遁世的智者在说话。

它说得很小声，碎碎念，若是仔细聆听，又是连贯的，淙淙潺潺，像是在不断地重复同一句话，而每一句话又都不相同。它一定是在替十月说出，如果你用手去触碰，它的话里会有一种从石头缝里迸溅出来的清凉。

听惯了这种声音的人，往往会对这样的声音充耳不闻。可当你哪一天静下心来，认真地听，仔细地听，你会从中听到不可企及的远方，那里的泉边开满白色的、黄色的、紫色的小花，它们也会在梦幻般的深处，碎碎念。

仿佛旧日的伤痛在向你发出召唤，而那远方就像是一个快要被人遗忘的疗愈所。

山稔子开花的时候，以为自己很美，从未想过自己还会结出这样美的果实。每当想到有这样一个远方，所有的心就会贴着石壁流淌。那些曾经滚烫的颂辞就会冷却下来，接下来的理性则会捧出所有的答案。

你好，小木屋

它安享着自己的孤独和寂寞，在山间的密林里，这多么珍贵。

它从不责怪高处如盖的枝叶遮挡住了视线，只要能听到山泉和清风的轻吟浅唱，它就满心欢喜。

已然许久没有人来过了，小木屋固守着自己的空、幽静和清凉，就连呼吸也如此平和，偶尔响起的几声鸟鸣是天空抛给它的石子，可它的心如同止水，“叮咚”几下，连细小的波纹都不会泛起。只有一条不起眼的小径通向小木屋，同时也通向不可知的凝思和怀想。

向导告诉我们，往年会有进山的猎户在这里落脚，尤其是在冬天，小木屋里会有生火时冒出的青烟。自从山里禁猎之后，就没见有人再进去过了。

小木屋像是一直在等谁，在等的过程当中，谁也不知道它到底在想些什么。但现在，小木屋谁也不等，当一个人等到无望的时候也会这样。

它面无表情地站在树荫下，耷拉着身上剥落的油漆。

“你好，小木屋。”有人冲着它喊。

它没有答应，只是笑。它对我们笑的时候，少了一颗门牙。如果不是在这样一个大白天，相信谁也不会看见。

鹰在天空盘旋

鹰将它们的巢筑在危崖上，让那些还不会飞的小鹰先练习如何适应高处，如何经受突然袭来的寒意和风的推搡，其次才是飞翔。

小鹰摇摇晃晃，为了站稳，它们的爪子已在石头上磨得铿亮。它们也像是石头，会动的石头，因为脚上长了根，所以很少坠落。不像我们，在平地上跑也会摔倒。

鹰的故乡很高，但都在它的翅膀之下，鹰的故乡再大，也都在它的视野之内。

鹰在高空盘旋的时候，大地正忙于准备献祭的物品，有时是一条匆忙赶路的蛇，有时是一只探头探脑的兔子。

鹰把自己献祭给天空，却被天空一次次退回。

鹰有着天生的孤独，它过于锐利的目光加深了这种孤独。十月已经来了，冰雪很快会覆盖山野，它也将迎来一年中最醒目的时刻——因为整个世界都将成就它内心的孤僻、冷峻和荒凉，仿佛它忍住了许多不为人知的伤痛。

一声长唳，鹰在头顶的天空盘旋。所有的仰望者会不由自主地停住脚步，此时的天空所昭示的不只是它的高远，还有大地上的行走牵动着不屈的魂灵。

成路散文诗选

成路，1968 年 6 月生于陕西省洛川。著有诗集、诗学理论、非虚构作品等 12 部。荣获第二届“柳青文学奖”、中国首届地域诗歌创作奖、第八届“中国·散文诗大奖”等奖项。

大地期待裁剪（节选）

1

水和风是剪刀。

我在黄河蒙秦晋交汇的峡谷段徒步行走的时候想起了童话里的这个句子，这是岩体、浊水和残缺了的长城诱导出来的。

来到这里我本是为了寻找大禹疏水的斧柄、太上老君驾驭耕牛时的犁铧，在民谣里斧柄、犁铧和黄河峡谷是最早有关联的，这两个神秘的演绎传说富有震撼人心的力量，当然也从传说中剥离出了农业的根源。然而当我依靠着烽火台的墙体伸头探望悬崖下一半浸泡在河水里已经坍塌了的寨堡时，风划过我眼睛，那一瞬间我不可思议地想起了“水和风是剪刀”。

以后我在峡谷中行走时揣着这样一个句子：心像一匹多变的兽。走进废弃的村庄，饥饿的兽在井台、磨坊、灶火里刨，喊叫主人来喂养；住进镇子，在“積德乃昌”的大门匾下，镇门兽安静地观看从这扇门进出的人和倾斜的房、敞口的窑；独兽爬行到山顶上，面对起伏的山峦、黄河的“S”形大湾时，才会发现，牧兽场的辽阔、苍茫和永远的不解之谜。

我的行走在未知中开始，也在未知中结束，目的就是在现场中诗意而虚幻地将黄河水面上的船、纤绳、纤夫、盗贼、英雄，岸上的大店、货仓、庄稼、种植庄稼的农夫和大店里的怨女留在文字里，这些在暗道里涌动咆哮，拧成一根绳，这根绳对于我而言其实就是大道。

还没有进入峡谷时我乘坐过一艘渡船——机拖船。船老大马四76岁了，因为河道上风沙的缘故，他的脸皱得嘴唇都没有了，在这被他经营了一生的渡口——黄河中上游分界点——河口镇向上3公里的头道关，他把我从南岸摆往北岸，我问河利（渡船费）多少？他说一元两元都行，没了就不给了。那天风大，水流速快，小马力的拖船靠自身的力量不能停泊到码头，这时北岸候渡的人顺河堤跑了下来，马四在船上顺手把纤绳扔下去，旅人接过绳子逆水拉起了纤。这些过程都是在无言中进行的，没有号子、没有船家的请求和谢意。船停稳当后，我问马四，你要给拉纤的付费吗？他说，不。我又问，那他们帮你拉纤了，还付河利吗？他说，有了给一元两元，没了就不给了。从南岸渡到北岸，吃河饭的马四、拉纤的旅人作为媒介串接起我行走中的两座大城池：南岸的准格尔旗十二连城遗址，史载盛时人口过四万户，二十四万口，虽然现在是耕田、小村庄，可它当年的辉煌亦在——开着车从进城到出城也得花上几个小时；北岸的托克托古城，城池遗址南北两千四百一十米，东西宽一千九百余米。托克托城内西北隅，尚有两座小古城，传称西面的一座叫“大皇城”，东面的一座叫“小皇城”。大皇城内辽、金、元、明各代遗物甚多，而且还发现了唐代的建筑材料和遗物。1949年后，城内土地归一个酿造厂所有。站在河畔，瞭望倒塌、风化了的城体，托克托还算完整的北瓮城，我试图在自己的内心把这些养活——战旗、号角、马匹、枪、剑奔走的士卒和开店的小厮。然而，船工马四，无言的拉纤人在我的诗歌里成了一座虚拟的城池，或者说一块碑石。

行走的我在路途上生出了一双多余的手，总想把目光所触之物打包搬走，留下一片空地和一片空旷的天，这样就可以看见风和水的老底了，看见大地上万物生成的老底了。遐想没有底线，可有自我的恐吓，也有感动和震撼。

离开黄河畔朝上行走，去生长谷、豆的小塬——清涧县高杰村。我是初夏去的，没有看见大雪包裹的晋西南和陕北高原的壮美。我生出的多余之手，在这里腐烂、消失，感知万物的母体——大地把自己交给了风和水，让它们裁剪出万状。

其实，沿峡谷行走的过程中风和水也在裁剪我，使我的气息附着在石头、黄土、河流上，混进院墙、城墙、边墙里站着，或躺着。墙的周围充满了引导我的阶梯，向下的，向上的，而我站着，躺着，在墙体里始终这样孤独。

2

丙戌年春天，本来安静的我心情郁闷、烦躁、心慌，这是心灵深处的野兽开始了行动。背上行囊向北，向高处走，潜意识指挥着我的行动方向。

站在路边张望，一辆豪华的现代小轿车停在我身旁，司机喊：去榆林吗？我顺口说：米脂。就这样我搭乘着这辆车开始了旅程。坐在陌生人的车上没有交流的话题，他为了顺路挣点小钱，我是要去目的地。车子颠簸中，我记起了一位朋友和我去榆林路过米脂时说，李自成的脚大，跑得快，他在领导农民起义的发轫时期，送信途中为了不让官兵的哨卡拦截，就把信件放在羊皮袋里顺无定河漂流而下，他跟着羊皮袋子跑。

这时，懵懂的我明白了潜意识指引我去米脂的动因了——触摸兄长 370 多年前的体温。只要人离开了体温也就随之消散，这是在说理。精神教父的体温是和灵魂在时间里永固的，如同他依附过的石质物件，蹲着、站着，与日头和月亮迎接膜拜者的虔诚。想起“触摸”这个词汇，我不自觉地看看双手，握过枪的手在城里待久了，已经开始光滑、无力，也染上了下沉的气息。气息开始下沉了，离糜烂还有多远，心不由得瞬间颤抖，像被针扎一样疼。脸上还是沉稳的面具，凝视峡谷、沟壑的沧桑，路边卖水果的小商贩。

司机提醒我，快到米脂了。

我双手相互紧捏，用劲地捏。心告诉手，这是在练习，车停下的时候就要和李自成的体温捏了。

3

缺雪的冬日，陕北的山和苍凉、荒蛮、寂静的田野，天空唯有碧蓝和旷远，眼睛不用手搭凉棚也能瞭到心里认为是尽头的地方。当然，鹰或者羊群也会杀进来，把空旷搅活；散落在大地上的村庄里的人和畜的声音、灶膛烈火燃起的炊烟也在阻隔行进的旅人望远的目光，我就是在这样的阻隔中踏进了马镇。一座战国时期魏长城以此为起点、向南而去的古镇子。

红枣晾晒在村路上平铺着的芦苇席子、彩条塑料布上，妇女围了一圈在精心地把枣子按照商人制定的标准进行分级挑拣，这样就可怜了营养不良长得瘪小的、雨水浸入生了斑点的枣子了，这受人咒骂的次品，不可兑换成钱。对于这些枣子农夫一年伺候的结果只能是把它们储藏在了自己的家里。村头的老槐树下坐着七八个中年妇女，她们的目光集中在一个男人的手上，这是商人捏着角币、元币的手，他在向妇女分发她们挑拣枣子的工钱。

红枣浓烈的醇香和挑拣枣子的手皲裂的口子使我没有胆量按下照相机的快门，只能匆匆逃离现场。

顺着石条铺的巷道往里走，戏台、歇业了的商铺、石头垒的墙壁、厚重的木板门和门上锈迹斑斑的铁钉铜钉，凸显了镇子拥有过的辉煌。穿过石头、砖头箍的门洞，进入一座座院落，石窑、石窑背上的瓦房使我感觉自己仿佛置身在城堡里。房内一男一女使用土语激烈地、亢奋地对话，他们的声音从窗户传出，如同铁匠铺大锤和小锤锻打铁器的节奏。长城根底的土承受了战马驰骋的铁蹄、金戈的锋利、战旗的鲜红，土里发出的血腥气息混合在风的断杀号子内被种植在城堡里，自然地潜伏进居民的内骨当中。

我在槐树路电表号为“51—52”的院子外边张望，两孔石窑中间的上方有一孔叫楼窑的小窑，里面储藏了金黄黄的玉米棒子。再往远处望是黄河。脚下的镇子是古渡口，是秦晋蒙的粮食、皮毛、食盐、煤炭和药材等物资的重要集散地。商贾和船夫、脚夫从勇士的刀背上接手，共同经营了一座镇子的繁荣和萧条，今天他们已经把镇子彻底交还给了农耕。